陽炎剣秘録

剣客相談人22

森詠

時代小説

二見時代小説文庫

目次

陽炎剣《かげろうけん》秘録――剣客相談人22

陽炎剣秘録《かげろうけん》――剣客相談人22・主な登場人物

若月丹波守清胤《わかつきたんばのかみきよつぐ》……故あって一万八千石の大名家を出奔《しゅっぽん》、大館文史郎《おおだてぶんしろう》の名で剣客相談人となる。

弥生《やよい》……………大瀧《おおたき》道場の女道場主。文史郎に執拗に迫り相談人の一員に加わる。

篠塚左衛門《しのづかさえもん》……清胤が徳川親藩の支流の信濃松平家の三男坊・文史郎の時代からの傅役《もりやく》。

大門甚兵衛《だいもんじんべえ》……安兵衛店《やすべえだな》に住む浪人。越中富山藩を脱藩した黒髯の大男。無外流《むがいりゅう》免許皆伝。

美雪《みゆき》…………遠野から大門の危急を知らせに江戸まで来た娘。

繭美《まゆみ》…………六角牛山《ろっこうしさん》の行者に攫われた美雪の姉。

権現様《ごんげんさま》………早池峰《はやちね》修験の行者を束ねる長《おさ》。

役 末角《えんのすえづぬ》………六角牛山に陣取る大和修験者の長を名乗る男。秘太刀陽炎剣《かげろうけん》の遣い手。

轟 信吾《とどろきしんご》………遠野南部家に仕える物頭《ものがしら》。

大原信之介《おおはらしんのけすす》……自らを公儀隠密と名乗る男だが……。

耕嗣《こうじ》…………修行に耐え山岳剣法早池峰流を習得した二十歳の権禰宜。

猿島田左衛門《さるしまたざえもん》…幕府が遠野に送り込んだ密偵。

源衛門《げんえもん》………大門とともに囚われた早池峰神社の宮司を務める村長。美雪の父親である。

宇月大善《うづきだいぜん》………遠野南部家、鍋倉城の城代。役末角、大原らと結託し……。

吉兵衛《きちべえ》…………厩のある宿、鹿野屋《かのや》の番頭に扮する公儀隠密の配下。

第一話　大門《だいもん》危うし

一

空はからりと晴れわたり、昨日までの雨が嘘のようだった。五月晴《さつきば》れだ。

若月丹波守清胤《わかつきたんばのかみきよつぐ》改め大館文史郎《おおだてぶんしろう》は、大瀧《おおたき》道場の井戸端で、上半身裸になり、稽古でかいた汗を拭っていた。ひんやりとした水が肌の火照《ほて》りを鎮《しず》めてくれる。

早くも夏を思わせる暑い陽射しが頭上から降り注いでいる。

道場から元気な門弟たちの竹刀《しない》を打ち合う音や気合い、床に踏み込む足音がきこえてくる。

凜《りん》とした女の気合いは、道場主でもある弥生《やよい》の発する声だ。

廊下越しに道場の様子を窺うと、弥生が背に流した黒髪をなびかせながら、若者の相手をしている。

爺《じい》の左衛門《さえもん》は見所《けんぞ》に正座して、稽古する門弟たちを見つめていた。

師範代の武田広之進《たけだひろのしん》、高弟の高井真彦《たかいまさひこ》や藤原鉄之介《ふじわらてつのすけ》、北村左仲《きたむらさちゅう》たちもそれぞれ、若い門弟の打ち込みの相手をしていた。

文史郎は道場に大門甚兵衛《じんべえ》がいないのを思い出した。

以前は、若い門弟たちから、髯《ひげ》の大門様、鍾馗《しょうき》の大門様と慕われ、大門に稽古相手をしてもらおうと子供たちが長蛇の列を作っていたものだ。

大門は故郷の越中《えっちゅう》に帰ったまま、江戸に戻っていない。

大門の傷心の深さは分からないでもない。初恋の女子《おなご》が、殿の奥方に召し上げられて、大門は故郷を去り、江戸に来た。その女子と御子の窮地を救うために、大門は故郷に戻り、命を懸けて敵と闘った。

そうやって、女子と殿の御子をお守りしたけれども、奥方になった初恋の女子は大門の許《もと》には戻るわけもない。

傷心を抱えた大門が自らの不運をかこち、故郷の地を彷徨《さまよ》って、失恋の傷を癒そうとするのも仕方がないことだ。

あの髯の大門が……かわいそうに。

見かけこそ鍾馗様のような大男の大門だが、その心は女子のように優しく、雀《すずめ》のように小さい。

恋する男は、惚れた女子の前では、あんなに小心でおずおずとするものなのか。だらしない。情けない。

失恋の痛さが分からないほど、不粋《ぶすい》ではないつもりだ。

だが、男子たる者、顔で笑って心で泣いて我慢すべし。

とはいうものの、文史郎も在所《ざいしょ》の那須《なす》に住む如月《きさらぎ》を思うと、無性に恋しくなり、口にこそ出さないが泣きたい気持ちに襲われる。

いかん、こんなことではいかん。

文史郎はついつい感傷的になる自分に喝《かつ》を入れた。

武士たる者、いかな事態に陥っても、高楊子《たかようじ》で平気を装うべきである。

「文史郎様、どうなさったのです？　そんな真面目なお顔をして考え込んで」

いつの間にか、稽古をやめて引き揚げた弥生が廊下に立っていた。額に汗で張り付いたほつれ毛を手拭いで拭っている。

文史郎は弥生に成熟した女の色気を感じ、慌てて目を逸《そ》らした。

「いや、なんでもない。ふと、大門はいかがしておるか、と思うてな」

「まあ、私もちょうど、大門様のことを思ったところでした。偶然ですね」

弥生は悪戯《いたずら》っぽそうな目で文史郎を見つめ、ふふふと手で口元を隠しながら笑った。

そのとき、道場の玄関先で騒ぎが起こった。

門弟たちが竹刀を打ち合うのをやめ、玄関先を見ている。

見所にいた左衛門が立ち上がり、怪訝《けげん》な顔をしながら玄関先へと出て行った。

高弟の高井や藤原が竹刀を肩に担いで、左衛門のあとに続く。

「こちらに長屋の殿様は御出でですか？」

若い女の声が響いた。左衛門の応対する声がきこえた。

「どちら様でござるか？」

「…………」

左衛門が若い女に応対している。

弥生が文史郎に流し目をした。

「文史郎様、女子が訪ねて来ているみたいですよ。何か、心当たりはありませんか？」

「いや。ない」

文史郎は汗を拭った腕に着物の袖を通し、着物の前を揃えた。

どたどたと足音が響き、高弟の高井真彦が廊下に現れた。

「殿、こちらに御出ででしたか。うら若き娘子《むすめご》が、至急に殿にお目どおりしたいといっています」

「なんの用だ？」

文史郎は足を濡れ手拭いで拭き、廊下に上がった。

「大門様の手紙をお届けしたい、とおっしゃっています」

「なに？　大門の手紙だと？」

「まあ。噂をすれば影というのは、ほんとうですね。文史郎様」

弥生はうれしそうに笑った。

「その女子はどなた？」

「それが弥生様、その娘子は長旅の疲れからか、控えの間に倒れ込んでしまいました。いま、女中のお清《きよ》さんと左衛門様が介抱なさっています」

「長旅の疲れから倒れた？」

「はい。旅姿ですが、それも、えらい汚れようで。よほど遠くから参ったのではないか、と」

「どれ」

文史郎は弥生といっしょに玄関の式台《しきだい》に続く控えの間に急いだ。

控えの間では、門弟たちが人の輪を作っていた。

「さ、どいてどいて」

弥生と文史郎は人垣を掻き分け、人の輪の中に入った。輪の中で、お清と左衛門が倒れた娘を介抱していた。

「おい、御女中、しっかりせい」

「腹減ったあ……」

娘は腹を手で押さえた。腹の虫が鳴る音がきこえた。

「空《す》き過ぎたというのだな」

左衛門が笑いながら、娘の上半身を起こし、湯呑み茶碗の水を飲ませた。娘は喉を鳴らして水を飲んだ。

娘の旅姿の着物は汚れ、あちらこちらが破けている。脚絆《きゃはん》は土や埃《ほこり》で真っ黒に汚れ、破れて、擦り傷だらけの脛《すね》が見える。

頭の髷《まげ》は結び目が解《ほど》けて、ざんばら髪に。顔は垢《あか》と埃に塗《まみ》れて真っ黒だ。何日も風呂に入っていない様子で、全身が垢や土で薄黒く汚れ、異臭さえもする。

弥生は一目、ぐったりとした娘を見るなりいった。

「お清さん、源爺《げんじい》にお風呂を沸かすようにいって。それから、お清は食事を用意して」

「はい。御嬢様」

お清はばたばたと足音を立てて、奥への廊下を走った。

「皆、見せ物ではないぞ。さ、稽古に戻れ」

師範代の武田広之進も急いで門弟たちを道場に戻るようにせき立てた。

左衛門が目を瞑《つむ》った娘にいった。

「さ、娘御、殿が参りましたぞ」

その言葉に娘ははっと大きく目を開いた。黒い瞳が何かいいたげに、文史郎を見つめた。

文史郎は娘の顔を覗いた。どう見ても、娘の顔に見覚えはない。

文史郎は優しく声をかけた。

「娘御、それがしが文史郎だが」

「あんだが長屋のお殿様けえ？」

「うむ。まあ、そうだが」

「会えていがった。大門甚兵衛様、知《は》ってっぺ？　大門様がたいへんなんだ。大門様はやつらに捕まって、今日にも首を刎ねられっかもしんねんだ。どうが、あだしといっしょに、トーノさ、帰《けえ》って大門様さ救《たす》けてくんろ」

女子の物言いには、みちのくの訛《なま》りが強く聞き取り難かった。

「トーノ？」

「お殿様、しんねえんか？　トーノだ、トーノだべ」

文史郎は左衛門と顔を見合わせた。

「爺、遠野《とおの》ではないか？」

「なるほど。みちのくに遠野郷とかいう地名がありましたな」

「そ。その遠野《とーの》だ」

「大門は、陸奥《みちのく》におるというのか？」

「うんだ」

娘は小袖の前の襟《えり》の間に手を入れ、油紙に包まれた一通の書状を取り出した。

「こ、これを見てくんろ」

「なんだね」

「大門様の手紙だ。これを安兵衛《やすべえ》長屋のお殿様に届けろっていわれたんだ」

「さようか」

「だけんど、ようやく安兵衛店を見付けて訪ねたら、お殿様は道場で稽古してっぺっていわれ、道を教えてもらって、ようやくこっちに来たんだわさ」

娘の強いみちのく訛りは満更、いっていることが分からないわけでもない。

「娘御、おぬし、はるばる、みちのくの遠野から江戸まで、この書状を抱いて参ったと申すのか？」

「うんだ」

陸奥《むつ》の遠野郷から奥州《おうしゅう》街道に出て、白河関《しらかわのせき》に至り、さらに下野国《しもつけのくに》を通り、日光《にっこう》街道を経て江戸に至るという、おそろしく長い旅路だ。

「おぬし、たった一人で奥州街道を江戸まで歩き通したと申すのか」

「まあ、そうだべ」

文史郎は目を丸くしながら、娘から書状を受け取った。

「女子の足で？」

左衛門も呆れた顔をした。

「ほんどいうと、白河抜けるまで、馬っこだった。馬っこで表の街道使わなかったんだ」

「裏街道を使ったのか？」

文史郎は驚いた。

「うんだ。裏の山道、小道を通るとだいぶ近道になんだ」

今度は左衛門が目を丸くした。

「なに、おぬし、馬にも乗れるのか？」

「遠野は馬っこの里だべ。村人は、みな家ん中に馬っこ飼って暮らしてんだ。馬っこに乗れねば、遠野では暮らせねえべ」

「その馬は、どうした？」

「途中の村の人に事情を話して預かってもらっただ」

文史郎が訊いた。

「毎晩の宿はどうした？」

「宿なんか泊まらない。カネかかっぺ」

「じゃあ、野宿か」

「うんだ。野宿もいいもんだべ。枯草集めて寝床にして寝ればいいし、洞穴を見付けて、火を熾《おこ》せばあったけえし」

「メシは、いかがいたした？」

「野山には食うものがいっぺえなってっぺ。村があったら、村長《むらおさ》に事情を話して、食物をめぐんでもらうべな。喉乾いたら川の水を飲めばよかんべ」

「まるで山男だな」

「うんだ。おら、山女だもんな」

女子は力なく笑った。腹が減っているらしい。

「それで、江戸へ来るまで、何日かかった？」

「ざっと十日だんべか」

「十日だと？　男の足でも、江戸からみちのくまで、街道を使っても半月はかかるぞ」

文史郎は左衛門と顔を見合わせた。

「おらたち、遠野に住む者は、山ん中や野っぱら歩いたり走るのは苦にならねえべ。餓鬼でも、一晩で十里二十里は行くべ」

「ほんとか？」

「ほんとだ。山伏《やまぶし》だってそうだべ。おらたち、山人《やまびと》は一晩で二山三山を越えるのが普通だんべな」

「えらい。そうやって、江戸まで来たのか。なかなか男にもできぬことを、若い女子がやったとは感心した」

「そんなことより、大門様の手紙、見てくんろ」

「そうかそうか。分かった。では手紙を拝見いたす」

文史郎は油紙の包みを解《ほど》き、くしゃくしゃになった書状を取り出した。

包み紙に太い筆致《ひっち》で、大館文史郎様と大書してあった。

包みを開き、巻紙の手紙を取り出した。

紙を開くと、冒頭に「遺書」としたためてあった。

「遺書？」

「あら、大門様、遺書だなんて、どういうことでしょう？」

弥生が怪訝《けげん》な顔をして、文史郎の手許を覗き込んだ。

文史郎は左衛門と顔を見合わせ、おもむろに書状を開いた。

『不肖大門甚兵衛、命果つる前に、縷々《るる》御厚情賜った御殿様、左衛門殿、弥生様、長屋の御一同様に、篤《あつ》く御礼申し上げます。……』

「なんだ、これは？」文史郎は目を丸くした。

「ほんとに大門の手紙ですかね」左衛門は訝《いぶか》った。

「確かに見覚えのある文字ですね。あまり上手《じょうず》ではないが、味のある筆遣いで」

弥生が手紙を見ながらいった。

文史郎はあらためて、しげしげと手紙の文字を眺めた。

間違いなく大門の筆跡だった。下手《へた》ながらも、大門らしく大胆な筆遣いで一字一字丁寧に書いてある。

左衛門が訊いた。

「いまの続きにはなんとあるのです？」

「一、長屋に遺《のこ》っているそれがしの品々については、長屋の皆様で御分けいただきたく候。云々《うんぬん》かんぬん」

文史郎は溜め息をついた。

「大門の品々といっても、長屋にはろくな物が遺されておらぬだろう？」

「破れ布団に襤褸《ぼろ》の褞袍《どてら》、破れ番傘《ばんがさ》に欠けた茶碗、壊れた箱膳《はこぜん》、ひびの入った七輪《しちりん》ぐらいなものではござらぬか？　誰も引き取らぬものだと思いますがなあ」

左衛門が嘲笑《あざわら》った。

お清がばたばたと足音を立てて戻って来た。

「御嬢様、お食事の支度ができました。お風呂も間もなく焚《た》き上がるかと」

弥生はうなずき、蹲《うずくま》る娘にいった。

「さ、まずはご飯を召し上がれ。それから、お風呂に入り、旅の汚れを流しましょ」

娘は、まずはご飯を、という言葉にむくっと軀《からだ》を起こした。

だが、娘は立ち上がれない。

「……腹が空き過ぎて力が入んね……」

「はいはい。私の肩に捉まって」

お清は肩に捉まった娘を、太い腕でがっしりと抱え、すたすたと廊下の奥へ消えて行った。

「そうそう。着替えの支度もしておかないとね」

弥生は二人に付き添うように歩き去った。

「殿、その手紙の続きは、いかがになっております？」

「うむ、こうある。
一、この書状を届けし娘美雪《みゆき》は、それがしの愛《いと》しき妹《いも》につき、長屋に御匿《かくま》いいただきたく、もし、命付け狙う者がおれば、娘の身辺の御保護をよろしくお願いいたしたく候。……」
文史郎は左衛門と顔を見合わせた。

「なに、あの娘御、美雪と申すか」

「しかも、大門の愛しき女《いも》だというのでござるか？」

左衛門はにやっと相好《そうごう》を崩した。

「いも（妹）は昔から愛妻や愛人を差すこともありますからなあ。大門が恋する女子ともとれるし、あるいはほんとうの妹かもしれませんし……」

「大門に姉妹はおったか？」

「いや、きいていません。大門殿は、なにせ、己のことは話さぬ男でしたからな」

「うむ。それが大門らしいところだが」

左衛門はにやっと笑いながらいった。

「この手紙からすると大門殿はなんとか失恋の痛手から立ち直ったようではありませんか。すぐにほかの女子に惚れ込んでいる」

「それまた大門らしい。惚れっぽく、つぎつぎに女子に惚れては振られる。その大門が唯一、真剣に一途《いちず》に思っていたのは、かの幼なじみの初恋の女子だったのにのう」

文史郎は腕組をし、大門の髯面を思い浮かべた。

「しかし、殿、今回、大門殿が惚れた相手はあの美雪でございますかな？　それにしても名前に似合わず、小汚い女子でござるな。それに鼻が曲がるくらいに臭い。惚れるにしても、もっとましな女子がおりましょうに」

「爺、外見だけで人を見るな。他人《ひと》の好みはさまざまだ。蓼《たで》食う虫も好き好きというではないか」

「さようではありますが……」

左衛門は頭を振った。

「まだ、手紙の続きがある。
一、如何《いか》なることがあり申しても、拙者のことを探すこと能《あた》わず、美雪が殿に如何な事を訴えようとも、相手にせず、決してこの異界の地に足を踏み入れませぬようお願い奉り候事」
「異界の地と申すは遠野のことでございましょうな」

「うむ。それに大門は自分のことは探すな、と申しておるな」

「人は得てして、望んでいることの反対をいうものでござる。その伝《でん》ではござらぬか。来るな来るなといわれると、人はなんとなく行きたくなる」

「では、大門は、わしらに来いとなぞ掛けをしているというのか？」

「あるいは、文字通りほんとうに来るなといっているのかもしれません」

「つまり、美雪を江戸に寄越したのは、美雪の身の安全を願ってのこと。それで手紙を美雪に託して、美雪を遠野から遠ざけたということかのう」

「そう読めますな」

左衛門は腕組をしたまま考え込んだ。

「この手紙には『遺書』とあるが、大門は、どこかで死ぬつもりなのかのう?」

「死ぬ死ぬと言い募《つの》る人は、ほんとうには死ぬつもりはないものでござる。本心は誰かが止めてくれるのを待っているものでござる」

「そうならばいいが、爺、この手紙には、最期の辞世の句まで書いてある」

「どのような句でござる?」

「散るさくら　残るさくらも　散るさくら。……どこかできいたような句だが、辞世の句のようにも見える」

文史郎は手紙の文字を睨んだ。

左衛門は腕組をして唸った。

「うーむ。『散るさくら　残るさくらも　散るさくら』でござるか。……あの大門殿が詠んだ句だとはとても思えない、武士らしい句ですなあ」

「散るさくらも枝に残っているさくらも、いつかは散る。その覚悟を詠んだ歌だな」

左衛門ははたと膝を叩いた。

「殿、思い出しました。その句は良寛《りようかん》和尚《おしよう》が遺したといわれる辞世《じせい》の句でござった。

大門殿の句ではござらぬ」

「なんだ、良寛和尚の句だったか。だろうと思った。大門に、こんな歌を詠む才があるとは、とても思えないからな」

文史郎は頭を振った。

「しかし、殿、大門殿は、どこで何をしておるのでございましょう？　心配ではありますな」

「うむ。あの娘御の美雪が何ごとか事情を存じておろう。風呂から上がり、落ち着いたところで、じっくりと話をきこうではないか」

文史郎は奥の方に目をやった。

風呂場の方で、お清や弥生、美雪の騒ぐ声がきこえる。美雪という娘は、女同士ということもあって、すぐに打ち解けて、お清や弥生と仲良くなったらしい。

師範代の武田広之進が声を張り上げた。

「本日の稽古は、これにて終わりとする。皆、稽古をやめて、道場の掃除にかかれ」

「はーい」

門弟たちが元気な声を上げた。道場の床の雑巾掛けが始まった。

二

「殿、左衛門様、お食事のご用意ができました」

お清の声に、文史郎と左衛門は話をやめた。

文史郎も左衛門も道場の帰りに行きつけの飯屋に寄り、酒食を摂るつもりだったが、弥生が美雪から事情をきくために、どうしても夕餉はうちでというので残ることにしたのだった。

客間に行くと、三つの膳が向かい合うように並んでいた。膳には、すでに鯛《たい》の煮付けやら漬物やらの惣菜が皿に盛られていた。

酒の徳利まで用意されている。

「これはご馳走だな」

文史郎はほくほく顔で膳の一つに座った。早速《さっそく》に左衛門が徳利の酒を文史郎の杯に注いだ。樽酒の薫りがほんのりと立ち上る。

「これは下《くだ》り酒ですな」

左衛門が自分の杯にも酒を注ぎながら満足そうにいった。

下り酒は、堺《さかい》の港で菱垣廻船《ひがきかいせん》に積まれた灘《なだ》の樽酒が江戸に下るうちに、海の荒波に揉まれてゆっくり熟成した酒をいう。

「これは美味だのう」

文史郎は杯の酒を飲みながら唸った。

「さようにございますな」

左衛門もうれしそうにうなずいた。文史郎は杯に酒を注いでもらいながらいった。

「弥生も、いつの間にか、おとなが嗜《たしな》む酒の通《つう》になったのう」

「お待たせしました」

弥生が襖を開け、座敷に入ると三指をついて、文史郎たちにお辞儀をした。稽古着から女らしい着物姿になった弥生から、いつになく芳《かぐわ》しい香りが漂って来る。

弥生は文史郎の向かい側の膳に座った。

「さあ、弥生も一献《いっこん》まいろう」

文史郎は徳利を差し出した。弥生はにこやかに笑みを浮かべた。

「はい」

文史郎は眩《まぶ》しそうに弥生を見ながら徳利の酒を弥生の杯に注いだ。弥生はいつになくおとなの女に見える。弥生は形のいい赤い唇に杯を運び、少しずつ酒を飲んでいる。

「はーい、お待たせ」

お清が襖を開け、お櫃《ひつ》を抱えて部屋に入って来た。

「お腹空いたでしょう？」

お清は文史郎や左衛門、弥生のご飯茶碗に白いご飯を盛り付けていく。

「お清さん、あの腹を空かせた娘子は、いかがいたした？」

「ああ、美雪さんね。お風呂を上がったところですよ。いま髪を乾かしているところです。こちらに呼びましょうか？」

「うむ。そうしてくれ。話をききたい」

文史郎は酒を飲みながらいった。左衛門もうなずいていた。

弥生は、何もいわず、にこやかに文史郎を見ていた。

そんなときの弥生は、きっと何か企んでいる。

お清が座敷を出ていってしばらくすると、廊下に足音がきこえた。

「お待たせしました。美雪さんですよ」

お清が襖を開けた。廊下に浴衣《ゆかた》姿の美雪が座り、お辞儀をしていた。

長い黒髪は後ろの背中に流し、髪の根元を束ねて、白い紐《ひも》で括ってある。弥生の浴衣を着ている。

美雪は手を付いたまま、顔を上げた。

「さっぎは失礼しました」

文史郎は口に運んでいた杯を思わず止めた。

顔を上げた美雪は、別人だった。

「お、おぬしがあの……」

文史郎は次の言葉を飲み込んだ。

左衛門も喉の音を立てて酒を飲み込んだ。

瓜実顔《うりざねがお》で、目鼻立ちが整い、肌が抜けるように白い。にこやかに微笑《ほほえ》んでいるものの、目に憂いの色が見える。

まだ残照の輝く光の中、一輪の白い百合《ゆり》が花咲いている。

「文史郎様も左衛門様も、いかがなさいました?」

弥生が笑いながらいった。文史郎は美雪をつくづくと見つめた。

「だから、あの汚な……いや、あの田舎《いなか》娘があまりにも美しく変身しているので、正直いって驚いておる」

「殿、女子は、化粧一つで蝶にも変わるものでござるな」

左衛門もまじまじと美雪を眺めながら感じ入った。

「あんれまぁ、どうすっぺ。おらの顔、そんなにおがしかったけ？」

「いやいや、そうではない」

文史郎は左衛門と顔を見合わせ、大笑いした。

「あんれ、やんだ。おら、そんなおもしろいこといったべか？」

「いや、違う。気にするな」

「おら、気にする」

「つまりだ、おぬしのような美形な女子なら、江戸弁を話すと思っておった。ところが、口をついで出て来たのは田舎言葉、それもみちのくの方言だったからだ」

「みちのくのおらを馬鹿にしただな」

美雪は怒った顔をし、流し目で文史郎を見た。

「いや、馬鹿にしたのではない。あまりに意外だったからだ。のう、爺」

「そうでござるな。おぬしのような美しい娘がみちのくの方言を話すのは、なかなか見ることがない」

美雪は白い歯を見せた。

「ま、よかんべ。許してやるべ。おら、ほんとに訛っているか？」

「うむ。訛っている、訛っている」

「だけんど、ふるさとじゃ、おらは江戸弁を話す女子だっていわれてんだぞ」

文史郎は左衛門と顔を見合わせた。

「訛ってはいるが、我が在所の那須《なす》でも、みちのくに近い言葉を話している。だから、江戸弁よりも、おぬしの話し方に親しみを覚えるな」

「そうだべか？　ほんとけ？」

「うむ。ほんとだ」

「おら、江戸へ来てつくづく思った。江戸弁はなんか気取っていて、お高くとまっていてやんだって。これでも、おら一生懸命、江戸弁で話してんだ」

「…………」

弥生は口元を着物の袖で隠し、笑いを噛み殺している。

左衛門も吹き出しそうになるのを堪《こら》えた。

「江戸弁なんか話さなくていい」

「ほんなことといって。馬鹿にすっぺ？」

美雪は悲しそうな顔になった。文史郎は真顔にしていった。

「美雪は、そのままがいい」

「そうそう。美雪の訛りをきいていると、田舎を思い出して懐かしい」

左衛門も杯を掲げ、遠くを見る目付きをした。

文史郎は美雪を手招きし、近くへ呼んだ。

「もそっと近こう寄れ。酌をしてくれんか。わしらといっしょに酒を飲もうぞ」

「うんだ。御殿様が、そういうんなら、付き合ってやんべえか」

美雪は膝行《しっこう》し、文史郎の前に座った。

「まあ、一杯飲め」

文史郎は杯を美雪に渡した。

「いいんだべか。おら、下戸《げこ》だかんな。酒っこ飲んで酔っ払うと、何すっかわかんねぞ。そんでもいいんか?」

「うむ。許す。しかし、よくぞ女子一人、みちのくから江戸まで大門の手紙を届けてくれた。道中いろいろ危険もあっただろうな。ほんとにご苦労だった。今夜は酒でも飲んで、ゆっくり骨休みして、旅の疲れを取ってほしい」

「あんれま、ほんとにいいのけ?」

「ははは。よいよい。飲め」

美雪は杯の酒をくいっとあおって飲んだ。

「うめえな。この酒っこ。だけんど、こんなちっこい杯じゃあ、飲んだ気がしねえべな。どうせなら、おら、こっちで飲みてえ」

美雪は膳の上にあった湯呑み茶碗を取り、文史郎に差し出した。

「お、そうか。よかろう」

文史郎は美雪の手の湯呑み茶碗に徳利の酒をどくどくと注いだ。

美雪は湯呑み茶碗になみなみと注がれた酒を、これまた一気に喉を鳴らして飲み干した。

「うめえ。うめえべな。さ、お殿様も飲むべ。遠慮すんな」

美雪は湯呑み茶碗を文史郎に差し出した。文史郎が笑いながら、湯呑み茶碗を受け取ると、美雪は徳利を取って振った。

「酒が入ってねえべ」

左衛門がほかの徳利を取り上げ、美雪に渡した。美雪はその徳利を文史郎の湯呑み茶碗に傾けて注いだ。

「お清さん、酒、酒が足んねえべ。はよ持ってきてくんろ」

「はーい」

台所からお清の返事があった。

文史郎は湯呑み茶碗を口に運び、酒を飲みながら尋ねた。

「美雪、それはそうと、大門のことだ。いったい、何があったのだ？　話してくれぬか」

「それから、美雪さんと大門さんの間柄についてもね」

弥生が笑いながら付け加えた。

美雪は真顔になった。

「長い話になんな。そもそも、大門様がうちの村さ現れたのは、冬が明けて間もないころのことだった。……」

それからの美雪の話はあっちへ飛び、こっちに飛びする、みちのくの言葉混じりのお伽《とぎ》話のような物語だった。

文史郎と左衛門、弥生の三人は美雪が身振り手振りを交えての話に耳を傾けていた。

三

みちのくの方言混じりなので、美雪の話は正直いって聞き取り難かった。

だが、細かな枝葉の話を除けば、大筋は理解できる。

大門甚兵衛が遠野の地に姿を現したのは、長い冬が終わり、野山に雪解けが始まっ

った。

大門は、多角形の小さな兜巾《ときん》を被り、金剛杖《こんごうづえ》をつき、袈裟《けさ》と篠懸《すずかけ》を纏《まと》った山伏《やまぶし》姿だった。

きくところによると、大門は越前《えちぜん》から山に籠もり、山岳修行に励んだ。その後、越《えち》後《ご》三山を巡り、ついで北上して出羽《でわ》三山に入って修行を積んだ……らしい。

越後三山は八海山《はっかいさん》、魚沼駒ケ岳《うおぬまこまがたけ》、中ノ岳《なかのだけ》、出羽三山は羽黒山《はぐろさん》、月山《がっさん》、湯殿山《ゆどのさん》である。とくに月山、湯殿山は山岳修験道《さんがくしゅげんどう》の盛んな地として諸国に、その名が広く知られていた。

大門は早池峰山《はやちねさん》の麓にある早池峰神社を訪ねて参拝した。その後、早池峰山が見える、その山村がよほど気に入ったのか、村の外れに掘っ立て小屋を建てて住み着いた。

住み着いたといっても、修験道の修行のためで、まだ雪を戴く早池峰山頂に登り、尾根を縦走する荒行《あらぎょう》に身を挺《てい》していた。

村に帰っては、村人たちの耕作を手伝い、村人たちをいじめる役人どもを懲《こ》らしめたり、山賊の襲来を撥ね除けたりしていた。

村人たちは、はじめは余所者《よそもの》として、大門を敬遠していたが、次第に信頼するようになり、まるで用心棒のように頼りにするようになった。

そんなある日、遠野城の役人たちが大挙して現れ、無抵抗の大門を捕縛し、城に連行して行った。大門が地元の農民たちを焚き付け、一揆《いっき》を起こそうとしている、という嫌疑をかけられたのだった。

村人たちは、近隣の村々の人たちにも呼びかけ、大門を釈放するよう遠野鍋倉城の城代に談判した。

一揆を恐れた城代と執政たちは、いったんは大門を釈放したが、大和修験《やまとしゆげん》の唆《そそのか》しもあって、策略をめぐらし、再度大門を領主への反逆罪で捕らえてしまった。

あわせて城代は、城兵を村々に差し向け、大門を支持する村長やら地元の郷士たちを大量に召し捕った。

城代は大門を一揆の首謀者、反逆者として断罪し、城の前の広場で公開処刑するという御触れを出した。

大門は捕まる前夜に、密かに美雪を呼び、手紙を持たせて、江戸へ逃れるようにいった。そのまま地元に残っていれば、美雪も反逆者一味の娘として捕まるのが目に見えていたからだった。

話は前後するが、美雪は、大門が住み着いた山村の長《おさ》の娘だった。

大門との関係は、どうやら美雪の親の村長《むらおさ》が大門に惚れ込み、いずれ美雪と所帯を持たせようと考えているらしい。美雪本人もまんざら大門を嫌いではなさそうな口振りだった。だが、大門のほんとうの気持ちは美雪の姉の繭美《まゆみ》にあったようだ。

長い話が一段落した。美雪はまだ話し足りない様子だったが、夜もだいぶ更けたので、文史郎が話を打ち切ったのだ。

「して、その処刑の日と申すは、いつのことなのだ？」

「知んねえ。そんなこと、分かんね。ともかくも、間もなくだんべな」

「おぬしが遠野を出てから十日だったな？　ひょっとして、大門はすでに処刑されてしまったのではないか？」

「お父の話では、なんか事情があって、すぐには大門様を処刑することはあんめえ、っていっていた」

「事情？」

文史郎は左衛門と顔を見合わせた。

「なんのことかしらねえ」

弥生も怪訝な顔をした。

「爺、遠野といえば八戸南部《はちのへなんぶ》家の領地で、領主はたしか遠野南部家の済勝《ただかつ》殿ではなかったか？」

「さようにございますな」

遠野郷は八戸南部家領ではあるが藩ではない。盛岡城を根城とする南部藩十三万石が、親族である八戸南部家二万石に、伊達《だて》の仙台《せんだい》藩領との間にある遠野郷に出城《でじろ》を造らせ、遠野南部領としたものだ。従って遠野の領主は八戸南部家の血統の者が就いている。だが、領主は江戸に来ており、城代が遠野領を治めていた。

「ところで、江戸に遠野南部家の屋敷はあるのだろうな」

「八戸南部藩邸のひとつが遠野南部家の江戸屋敷となっているはず」

文史郎は考え込んだ。

「その遠野南部家の屋敷に赴き、領主済勝殿に会って、大門を処刑せぬよう談判せねばなるまいて」

「殿は遠野南部家の領主済勝殿にお会いになったことはございますか？」

「ない」

「となると、すぐには、お会いになれないですな」

「うむ。だが会う手づるがないでもないな」

文史郎は兄者の大目付松平《まつだいら》義睦《よしのぶ》を思い浮かべた。

「どのような？」

「またまた兄上にお願いいたすか。兄上ならなんとか紹介してくれようぞ」

大目付の役目は、諸国諸藩の動向に目を光らせる監察を主としている。もしかして八戸南部藩の遠野領の現状についても、何か耳に入っているかもしれない。

「お願いするのはいいのでござるが、きっと、何か見返りを求められるのではないでしょうか。ご兄弟ではあるが、お役目大事の方でございますから」

「しかし、ともかく、大門の命がかかっている。どんな見返りを求められても致し方あるまい」

「さようでございますな」

左衛門も納得し、大きくうなずいた。

弥生が口を開いた。

「文史郎様、江戸で領主の済勝様にお会いになっても埒《らち》があきません。その間にも、大門様の処刑が行なわれるやもしれません。いかがでしょう？　急ぎ我らが遠野に乗り込み、大門様を救う手立てを考えては？」

「それがよかんべ。江戸にいる領主様なんかあてになんね。遠野にいる城代様がとんでもないやつだ。噂では、江戸にいる領主様が事情を知らないうちに、城代が好き勝手やってるとなってんだ。すぐにでも遠野へ行くべ」

美雪も賛成した。

左衛門もうなずいた。

「殿、爺も江戸でぐずぐずしているよりも、遠野に乗り込んだ方が話が早いと思いますな」

「そうか。分かった。爺もそういうなら、早速に遠野に出掛けることにしよう」

「文史郎様。ですが、山歩きに慣れた美雪の足で十日もかかった旅でござる。しかも裏街道をひたすら急いで。山歩きに慣れないわしらの足では、もっと日数がかかりましょうぞ」

「爺、やはり馬を使うしかない。兄上から馬を借りよう」

「うんだす。馬っこで裏道を使って急げば十日はかかんねえ」

「そうか。美雪、おぬし、案内できるか？」

「うんだ。こっちへ来るときは、初めての道だったから、時折、迷いかけたけんど、帰りは大丈夫だべ。しっかり、道を覚えてっから」

「そうか。ならば、爺とそれがし、美雪の三騎で行くとするか」

文史郎はうなずいた。

弥生が、ぐいっと文史郎に膝を詰めた。

「文史郎様、それがしも同行しますぞ。大門様の命が危ないとなれば、それがしも相談人の一人、仲間を見殺しにはできません。いいですね」

文史郎は弥生の気迫に圧《お》されて後退した。

「分かった分かった。四騎だ。四騎で行く」

「おらは馬いらね」

「どうしてだ？　わしらは馬で走るぞ」

「平地は負けるが、山に入ったら、おらの方がなんぼか早い」

「ふうむ」

「それに、途中で預けた馬っこのシロを受け取らねばなんね」

弥生が口を開いた。

「大門様を助けたあと、大門様の乗る馬が必要ですから、やはり、四騎で行きましょう」

「そうか。帰りに大門の馬も必要だな。よし、なんとか兄上に頼んでみる」

「殿、そんな安請け合いして、どうなさるつもりですか？」

「爺、いうな。これも、兄上に頼むしかない」

「またまた大目付様ですか」

左衛門は頭を振った。

「そんなことよりも、気になるのは、遠野南部家に何が起こっているのかだ。明朝にも、玉吉《たまきち》を訪ねて調べさせてくれぬか」

玉吉は、もともとは文史郎がいた松平家の中間《ちゅうげん》である。玉吉は細作《さいさく》として松平家に務めていたが、いまは職を降りて、船頭をしている。しかし船頭は隠れ蓑で、大目付松平義睦の手足、耳や目となって働いていると思われる。

「承知しました。玉吉に依頼しましょう」

酒で顔をほんのり桜色にした美雪が両手を畳につけて頭を下げた。

「おどの様、どうかどうか、おらの大門様を、なんとかおだすけください。おねげえしますだ」

「分かった分かった。我らが大門でもある。なんとか手を尽くす。心配せずに、ゆっくり旅の疲れを癒しておけ」

文史郎は優しく美雪を諭すのだった。

四

春の穏やかな微風が庭から、屋敷の座敷の中に入ってくる。

「今度は、大門が問題を起こしたというのか」

大目付松平義睦はお茶を啜りながら、じろりと文史郎を見た。

「はい」

「何をやったというのだ？」

「それは分かりません。ただ、遠野領で役人に捕まり、処刑されるというのです。遺書が届いたのですが、何も書かれておらぬのです」

「わけが分からぬ話だな」

「さようで」

松平義睦は茶碗を茶托に戻した。

いつもながら、兄者とはいえ、目の奥の表情を見ることができない。何を考えているのか、分からない目をしている。

願いを耳にしながら、頭の中では何倍何十倍もの速さで、何ごとかを計算しているのかもしれなかった。

いずれにせよ、文史郎には到底できない真似だった。

「……それで、文史郎、それがしに何をしろと申すのだ？」

「なんとか、大門を助ける手立てをお願いいたしたいのです」

「手立てと申すと？」

「遠野南部家の領主済勝殿に、大門の処刑を止めるよう勧告していただきたいのです」

「処刑中止の勧告はできぬな。幕府は他藩の内政について、あれこれと口出ししてはならぬことになっている」

「そこをなんとか処刑を止めるよう働きかけていただきたいのでござる」

「もしできるとすれば、命乞いの要望だな。無視されれば、文句はいえない。それまでだが」

「それでも結構でございます。ともあれ、処刑を少しでも延期できれば、それがしが遠野に駆け付け、大門を救出したい、と思います」

「場合によっては、力で救い出すと申すのか？」

「はい。止むを得ない場合、そうします」

「これはいっておく、幕府は支援しないぞ。その覚悟でいてくれ」

「はい、覚悟しておきます」

「うむ。それなら、それでいい」

松平義睦は文机《ふづくえ》の上に置いた呼び鈴を手にして振った。涼しげな鈴の音が響いた。

控えの間《ま》から小姓がそそくさと現れた。

「筆と紙を持って参れ」

「はい。ただいまお持ちいたします」

小姓は廊下に消えた。

「ついては、文史郎、内密におぬしらにやってもらいたいことがある」

やはり見返りを求められるのか。

文史郎は傍らに座った左衛門と顔を見合わせた。

大門を救うには仕方がないこと。文史郎は覚悟を決めた。

「いったい、なんでございましょう?」

「実は昨年から遠野領に密かに公儀隠密を送り込んである。ところが、いずれも行方知れずになった。いったい、何があったのかを知りたい」

「兄上は公儀隠密に何を探らせていたのでござるか?」

「……南部盛岡藩と伊達仙台藩の間で遠野領地をめぐり、揉めておる。幕府老中は見かねて、遠野郷を天領とし、どちらのものでもない、という仲裁案を出しているのだが、どちらも拒んできている。分からないでもないが、両藩には何か揉めごとがあるらしい。その揉めごとを探らせていた」

「どのような揉めごとなのでござろうか？」

「ははは。それが分からないから公儀隠密を出して探らせていた。だが、いまもってなんの報告もない。公儀隠密も、もしかして、遠野領で役人に捕まっているのかもしれない」

「さようでござるか。もし、公儀隠密を見付けたらいかがいたしましょう」

「おぬしの判断に任せる」

「もし、公儀隠密が捕まっていると分かったら、救い出せと申されるのですか？」

「うむ。そういうことだ」

廊下に人の気配がした。

小姓が巻紙と硯箱を掲げながら戻ってきた。

「ただいまお持ちしました」

「うむ。ご苦労。そこへ置け」

「はい」

小姓は文机に巻紙を広げ、文鎮《ぶんちん》を載せ、また静かに引き揚げて行った。

松平義睦は文机に向かい、硯箱を開けると、ゆっくりと墨を擦りはじめた。

「兄上、して、公儀隠密の身許は？」

「一人は猿島田佐衛門《さるしまたざえもん》、いま一人は、草《くさ》だ」

「草？」

「地元に根付き、代々領民として暮らしており、いざというときに公儀隠密として働く」

「その草の身許は？」

「猿島田佐衛門が存じているのみだ。我々は知らない」

「ふうむ」

文史郎は左衛門と顔を見合わせた。

松平義睦は、筆を持ち、筆に墨を含ませると巻紙にさらさらと筆を走らせはじめた。

「しかし、だ。田佐衛門も草も、公儀隠密であることを誰にも知られてはならぬ。いいな。万が一、田佐衛門が捕まっていても、我々はまったく与《あずか》り知らぬこと。その上で、おぬしらが救い出せるものなら救い出してほしい」

「はい。分かりました」

「それから、申しておく。遠野は異界だ。それを覚悟して行くように」

「異界と申されると？」

「土地の者によると、昔から遠野には神々が多数棲《す》むといわれている。妖怪魔物もいるといわれている」

「神々と妖怪魔物にございますか？」

「遠野に入って、そんな神々や物の怪《もののけ》なんぞに取り憑《つ》かれないことだ。私は遠野に行ったことがないし、妖怪魔物はまったく信じないが、用心いたすことだ。時にヒトは妖怪魔物以上に恐ろしいがな」

「は。それがしも、物の怪なんぞいるとは信じておりません。妖怪魔物に取り憑かれることもないと思っています」

「うむ。これでよし」

松平義睦は書状を書き上げ、最後に署名を入れた。文机の物入れから印鑑を出し、朱色の落款《らっかん》を捺《お》した。

「この要望書が役に立つか否かは分からぬが、何も持たぬよりはいいであろう」

松平義睦は書き上げたばかりの書状を文史郎に手渡した。

「それに、いまひとつお願いが」

「まだあるのか？」

「馬をお貸しいただけませぬか」

一刻を争うとしたら、馬で行くのが最善の策だ。

「よかろう。おぬしと爺、馬二頭だな」

「そのほかに二頭を」

松平義睦はじろりと文史郎の顔を見た。

「四頭も必要だと申すか？」

「はい。ほかに二人同行者がおります」

「今回は弥生のほか、道案内として遠野の娘美雪を連れて行かねばなりません。そして、帰りには、大門が乗る馬になります」

「分かった。では、馬廻りの組頭《くみがしら》に申し付けておく。で、いつ発《た》つ？」

「明日にでも」

「分かった。明朝までに、馬は用意させておく。では先に申したこと、しかと頼んだぞ」

「分かりました。ありがとうございます」

文史郎は左衛門とともに平伏した。

五

夜になった。

夕食も終わり、旅支度にとりかかっていたところに、外から玉吉の声がかかった。

「御免なすって。お殿様」

「おう、玉吉か。入れ」

文史郎が返事をすると、油障子戸《あぶらしょうじど》ががらりと開き、玉吉の影が長屋にするりと入って来た。

「夜分に申し訳ありません」

玉吉は土間で腰を低めて挨拶した。

左衛門が昨夜のうちに船宿に行き、玉吉に会って遠野南部家の内情を調べるように依頼してあった。

左衛門が尋ねた。

「玉吉、調べてくれたか？」

「へい。昼間、遠野南部家の屋敷にいる折助《おりすけ》仲間に会って話をききました」

折助は中間《ちゅうげん》小者の蔑称である。

「何か分かったことがあったか？」

「大門様かどうか分かりませんが、領内で謀反《むほん》を働く者が何人か捕まっているという話はあるようです。それがあってのことか、一昨日、筆頭家老が急遽在所に帰りなさったとのことでした」

「その筆頭家老と申すは？」

「加藤竹然《かとうちくねん》です」

「なぜ、帰ったのかな？」

「さあ、それは分かりません」

左衛門は文史郎の顔を見た。

「もしや、大門殿が謀反人の一人として捕まったということですか。そうなると、いくら大目付様の嘆願書があっても、釈放は難しいかもしれませんな」

「まだ、大門が謀反人と決まったわけではないぞ。それで、玉吉、いま遠野南部家では、何を揉めているというのだ？」

「その折助仲間によると、伊達藩との間に、領地の線引で争っているという話でしたが」

「領地の線引？」

「へい。なんでも、昔から伊達藩と南部盛岡藩との国境《くにざかい》が確定していないところがあるそうでして、さらに両者の仲裁に入った幕府が、その揉めている地域を天領にして治めようとしていることもあって、三つ巴の諍《いさか》いになっているらしい、というのです」

「それはきいた。しかし、なぜ、遠野郷をめぐって、そんなに揉めるのだ？」

「遠野郷は、三陸海岸の港町と内陸を結ぶ交易の要衝とされています。遠野郷を押さえれば、みちのくを支配する上で優位に立つとはいわれていますが」

文史郎は煙草盆を引き寄せた。煙管《キセル》の皿に莨《たばこ》を詰め込んだ。

煙草盆から火種を取り出し、煙管を火種に押しあて、すぱすぱと吸った。

煙管の莨は数口煙を喫うと燃え尽きる。

文史郎は火の消えた煙管を銜《くわ》えたまま考え込んだ。

「しかし、戦国の世ならいざしらず、この泰平の世のご時勢に、盛岡藩も仙台藩も、はたまた幕府まで加わって、遠野の地をめぐり、国盗り合戦をやるとは、とても考えられないがのう。何か、ほかに原因がありそうな気がするな」

「たとえば何でござろう？」

左衛門は首を傾げた。

「金山とか銀山が見つかったとか」

「確かに、それはありうることですな。南部盛岡藩も伊達仙台藩も、まして幕府も、遠野に金山銀山が見つかったとなったら、目の色を変えて乗り込んでいくことでしょうからな」

「玉吉、遠野に金山銀山があると分かったという話はなかったか？」

玉吉は頭を左右に振った。

「いえ。それはありませんでした」

「そうか。違うか。金山銀山が見つかったというなら、話は分かりやすいのだがのう」

「ともあれ、殿、早く遠野に乗り込みましょう。いったい大門殿はどうして役人に捕まったのかを知らないことには、対策の立てようがありますまい」

「うむ。そうだのう」

文史郎は煙管の首を火鉢の縁にとんとあて、燃えかすを灰の上に転がした。

「そもそも、大門は、どうして遠野に入ったのかのう？　それが気になるのう」

「そうでございますな。いくら、修験道の修行をするためといっても、遠野の早池峰山でなくても、ほかにいくらでも山はありましょうに。大門殿は何を考えておられるのか」

左衛門は溜め息をつき、頭を振った。

玉吉がふと思い出したようにいった。

「そういえば件《くだん》の折助が、遠野郷には魔物が棲んでいると申してました。お気をつけください」

「どんな魔物だ？」

「折助いわく、河童《かっぱ》や山姥《やまんば》のたぐいだと」

「河童や山姥だと？」

文史郎は左衛門と顔を見合わせて笑った。

「魔物とは思えないが」

「ヒトに悪さをするそうです。村人は恐れているそうです」

玉吉は真顔でいった。

「ほかに、狂暴な獣もいると」

「獣だと？」

「狼の群れ、熊、大猿と申してましたな。それらの獣は避けたがいい、と」

「うむ。気をつけよう」

「折助の話なので、あまり本気にしない方がいいかとは思いますが」

「ははは。おもしろい。大門のことはあるが、遠野郷を訪れるのが楽しみになったな」

文史郎は左衛門とともに笑った。

六

翌日、空にはどんよりと雨雲が広がっていた。いまにも泣きだしそうな空模様だった。

文史郎と左衛門、弥生と美雪の四人は道場で合流し、玉吉の屋根船で松平義睦邸に出掛けた。

文史郎と左衛門は、馬に乗りやすい裁着袴《たっつけばかま》に脚絆をつけた旅姿。弥生と美雪も動きやすいように若衆姿になり、文史郎たちと同様乗馬しやすい裁着袴を穿《は》いている。

四人とも雨に備えて合羽《かっぱ》を被っている。

屋敷に着くと、松平義睦が待ち受けていた。

「文史郎、馬は用意してある」

「兄上、かたじけのうござる」

文史郎は松平義睦にあらためて礼をいった。左衛門や弥生、美雪も頭を下げた。

「馬を引け」

早速に馬廻り組の組頭が呼ばれ、馬丁たちによって、四頭の馬が厩《うまや》から引き出されて来た。

栗毛の疾風《はやて》、黒毛のイカズチ、ブチの駿、そして、芦毛《あしげ》のマキ。

いずれの馬にも鞍《くら》が付けられていた。

美雪は馬たちを一渡り見て回った。

「あんれま、みな牡《おす》馬でねえべか。それにしても、めんこい馬っこたちだなあ」

組頭は目を細めて笑った。

「こやつら、いずれも、我らが手塩にかけて調練した馬だ。どれも古馬《こば》で若駒《わかごま》ではないが、足は速いし、山野を駆け回る力もある」

「だけんど、バハンには向かねえ馬っこたちだなあ」

「バハン？」組頭は怪訝な顔をした。

「馬搬だべ。馬っこで荷を運んだり、丸太引っ張ったりするには、向いてねえ」

「それはそうだ。この馬たちは乗馬用だからな。荷馬とは違う」

組頭は大声で笑った。

文史郎も一頭ずつ、馬たちの鼻面を撫でて回った。

「よし。皆、それぞれ相性《あいしょう》が合いそうな馬を選べ」

馬とヒトの間には相性がある。相性が悪いと、馬に振り落とされる。

「おら、どれでもいいだ。馬っこは、どれでもすぐにおらに懐《なつ》くんだ」

美雪は馬たちを見ながらいった。

弥生は真っ先に黒毛のイカズチを選んだ。

「私は、この子にしよう」

組頭は驚いた。

「大丈夫か？　イカズチは、この四頭の中で一番賢く、気が荒い牡馬だ。はたして女子に乗りこなせるか？」

弥生はにっと白い歯を見せた。

「それをきいてなおさらイカズチが気に入った」

イカズチは弥生が近付くと鼻息を荒くし、威嚇した。弥生は馬丁から轡《くつわ》を受け取り、イカズチの鼻面を撫でた。

「いい子いい子。私のいうことをきくのよ」

イカズチは両耳を弥生に向け、ぱたぱたと動かした。大きな目を剥き、大きな口で弥生の手を咬《か》もうとした。

「ははは。でも、咬むのはだめよ」

弥生は手でイカズチの鼻をぱしりと叩いた。イカズチは驚いて後退しようと身動《みじろ》いだ。

「どうどうどう」

弥生は宥めながら、イカズチにひらりと跨がった。驚いたイカズチはいきなり走り出した。

馬丁たちが慌てて左右に散った。弥生はイカズチの脇腹を鐙《あぶみ》で蹴って通りに出した。

「いかん。暴走する。止めろ」

組頭が馬丁たちに叫んだ。馬丁たちが弥生とイカズチを追おうとした。文史郎がそれを手で制した。

「大丈夫だ。弥生は馬の名人だ。どんな馬でも乗りこなす」

通りを一走りしたイカズチは、通りの端で急に止まった。弥生が手綱《たづな》を引いて、馬の首を回した。

「よしよし。それでいい」

イカズチはおとなしく弥生の操るままに屋敷の門に戻って来た。

「これは驚いた。ほんとうですな」

組頭が舌を巻いた。

「爺は、こやつにする」

左衛門はやや太めのブチの駿の鼻面を撫でた。左衛門も乗馬には年季が入っている。在所の那須川藩にいたときには、乗馬の指南までしたことがある。

「では、それがしは疾風にしよう」

文史郎は栗毛の疾風を選んだ。

「美雪、おぬしは?」

「おら、残ったこの芦毛の馬っこだな」

美雪は芦毛のマキの鼻面を撫でた。マキは、すっかり美雪に懐いている様子だった。

「では、兄上。行って参ります」

文史郎はあらためて松平義睦にいった。

松平義睦は用人に顎をしゃくった。

「荒木《あらき》、あれを」

　用人の荒木は封書と切餅《きりもち》三個を載せた三方《さんぼう》を捧げ持った。松平義睦は封書を取り、文史郎に差し出した。

「これは通行手形だ。拙者の命《めい》で陸奥に行くことが記してある。念のため、持って行け」

「かたじけないこと」

「それから、爺、これは路銀だ」

　松平義睦は切餅を左衛門に差し出した。

「殿、これは……」

「相談人に依頼した件について、いくらなんでも無償というわけにはいくまい。報酬の一部だと思ってくれ。無事、帰ってから後に、さらに応分の報酬を支払うことにする」

「では、ありがたく、頂戴つかまつりまする」

　左衛門は破顔し、切餅三個を押し戴くように受け取った。

「では、行って参ります。乗馬！」

　文史郎は号令をかけ、疾風にひらりと飛び乗った。左衛門もブチの駿に跨がった。

弥生が文史郎の疾風の傍にイカズチを寄せて轡を並べた。

美雪はと見ると、美雪も芦毛のマキに男のようにひらりと飛び乗った。

「では、出立！」

文史郎は鐙で疾風の腹を軽く蹴った。

四頭の馬は二頭ずつ並んで、どっと砂利道を走り出した。

後ろを振り向くと、松平義睦と用人の荒木、組頭、そして玉吉が手を振っていた。

文史郎はあらためて気持ちを引き締めた。

のんびりとした物見遊山の旅ではない。大門の命がかかっている。一刻も早く、遠野郷に着かねばならない。

七

普通の旅のように奥州街道を行くとすれば、江戸からみちのくの入り口になる白河《しらかわ》関《のせき》まで、ざっと二十七宿、白河を越えて陸前《りくぜんのくに》国仙台宿までなら七十宿もある。仙台宿からは、街道ではなく小道になる。その小道を辿り、さらに遠野郷への入り口になる陸中《りくちゅうのくにはなまき》国花巻宿までなら、ざっと九十宿になる。

そこからさらに険しい山を越え、谷や川を渡って、二日がかりでようやくのこと遠野郷に着く。

東海道は五十三次だ。奥州街道は、遠野までで も、ほぼその倍の宿場がある。それだけ、遠野は遠い。

文史郎たち一行は、最初の日から馬を飛ばしに飛ばし、二日目には、磐城国《いわきのくに》に入っていた。美雪の案内で正規の奥州街道を行くのではなく、裏道を通っての国境《くにざかい》越えだった。

白河関を通る場合、必ず在所の那須川藩領を抜けて行く。文史郎や左衛門にとっては、これまで何度も往来した勝手知った道だった。だが、美雪が案内する道は、そうした表の街道ではなく、関所を避けて国境を越える裏の間道《かんどう》だった。

いくつもの川を越え、山間《やまあい》の急な山道を駆ける。獣しか通らぬような細くて、あるかなしかの道筋を辿って進む。美雪は迷う様子もなく、先頭を切って馬を走らせる。

文史郎は内心不安を覚えたものの、周囲の山々に見覚えがあるので、万が一道に迷ってもなんとかなると腹を括《くく》っていた。

目印になる山は、北西に望める那須岳とそれにつづく山の連なりだ。

那珂川《なかがわ》の本流を越え、支流を遡《さかのぼ》り、そして沢を登る。急な斜面の山道を行き、見晴らしのいい峠を越える。

三つ目の峠を越えたのは三日目の夕方だった。先頭を進む美雪が馬上から振り向き、手で行く手を指した。

暮れゆく谷間に、十軒ほどの農家が斜面にへばりつくように建っているのが見えた。

「今夜は、あの村に泊まるべ。あそこには、おらのシロも待ってんだ」

美雪はそう大声でいい、芦毛のマキの腹を蹴り、細い坂道を急いで下って行った。

文史郎たちは、美雪に続いて、山間のひっそりとした寒村に馬を進めた。

農家の台所から、夕餉《ゆうげ》の支度をする煙が霞となって棚引いている。

農家の庭先で遊んでいた子供らが立ち上がり、突然に山から降りて来た文史郎たち一行をきょとんと見ていた。

鶏が馬に驚いて逃げ惑う。どこからか、犬の吠え声もきこえた。

農家の戸口から、野良着姿の男や女が現れ、文史郎たちを恐る恐る見ている。

村のほぼ真ん中の農家の庭先に差しかかった。美雪は馬を止め、馬上で伸び上がり、突然、鋭い指笛を吹いた。

その指笛に呼応するように、農家の中から馬のいななきがきこえた。

農家の戸ががらりと開き、老婆と女が庭に飛び出してきた。

「あんれま、みっちゃんでねえか」

「無事に帰って来たげな」

美雪はひらりとマキから飛び降りた。

「婆さま、おシゲさん、あんがと。おかげさんで、無事役目果たして戻って来ただ」

美雪は老婆とおシゲと抱き合うようにして再会を祝い合った。

「村長《むらおさ》さまは？」

「いま、シロとアオの世話してっとこだべな」

戸口から、もう一人老人が顔を出した。

「なんだ、騒がしいと思ったら、美雪か、戻ったかい」

老人は顔を皺くしゃにして欠けた歯を見せて笑った。

「村長様、江戸でお世話になった殿様と御家来をお連れしただ。ここまで三日二晩、走りづめ、馬っこもおらたちも、ろくに寝てね。今夜、村に泊めてくんろ」

「なに、お殿様だって？　こんなおらたちの家のような汚ねえとこに、お殿様をお泊めしたら、畏《おそ》れ多いべな」

村長は困惑した顔になった。

「だめだべか？　軒先でも納屋でもいいんだ。なんとか泊めてくんろ」

文史郎は馬上から降り、村長に頭を下げた。

「突然で済まぬが、一晩だけも、横になれればいい。みんな疲れ切っている」

「お願いいたす。お礼ははずむ」

左衛門も馬から降りて村長に頭を下げた。

弥生も馬から飛び降りた。

「それがしもお願いいたす」

老婆が村長にいった。

「爺さま、殿様たちを助けてやっぺ」

「美雪さん、夕飯もまだだんべ」おシゲが訊いた。

「うんだ。腹ぺこだんべ」

美雪が腹を押さえた。腹の虫が鳴くのがきこえた。

村長は笑いながらうなずいた。

「いかんべ。だけんど、狭くて、こ汚ねえ家だ。それでもよければ泊ってくんろ。それに、今夜は雨が降っぺ。うちでゆっくりするがよかんべ」

「かたじけない。恩に着る」

文史郎は村長に頭を下げた。

「なんのなんの、お殿様に頭を下げてもらっては、バチがあたっぺ。さあ、家ん中に」

村長は文史郎たちを家に入るよう促した。

周りには、いつの間にか、村人たちが大勢集まっていた。

「シロ！」

美雪が真っ先に戸口から家の中に入った。

馬のいななきがきこえた。

やがて、戸口から美雪に轡を取られた太めの巨大な白い馬がのっそりと姿を現した。

「お、でかい馬だな」

文史郎は思わず目を丸くした。

「ほんと足が太い。でも、白毛がふさふさしていて、軀は大きいけど、可愛らしい」

弥生がシロの鼻面を撫でた。

「これは輓馬《ばんば》だな。この馬体だったら、かなりの荷物を運ぶ力持ちでござろうな」

左衛門が頭を振って感嘆した。

美雪が首を上下させるシロの首筋を撫でた。

「うんだ。シロは馬搬《ばはん》の馬だぁ。普通の馬っこよりも強くて、どんな険しい山道でも登り降りできんだ」

シロは太い足の蹄《ひづめ》で地面を掻いた。

「あんれま、シロ、どうしたんだ？　何かほしいんか？」

美雪がシロに話しかけた。

疾風やマキ、イカズチ、駿が、シロの登場に、そわそわと落ち着かない。

「お、シロは牝《めす》馬ではないのか？」

文史郎は美雪の顔を見た。美雪はにやにやと笑った。

「うんだす。メスだ。オス馬ども、メスのシロに色目使ってんでねえか」

村長が集まった村人たちにいった。

「誰か、お殿様の馬っこたちの面倒みてくんろ」

左衛門がみんなに呼び掛けた。

「馬の世話をしてくれたら、謝礼を出す。よろしくお頼み申す」

一人の農夫が進み出た。

「あ、おらんとこで一頭預かっぺ」

「おらも一頭、面倒みっぺ」

「おらも」「おらんとこも」

たちまち、四人の男たちが名乗り出た。

男たちは自分が担当する馬の鞍《くら》を外しはじめた。

村長が大声を張り上げた。

「ええか。たっぷり飼い葉を食わせてやんだぞ。水で馬っこの軀を洗ってやれ。ゆっくり休ませてやんだぞ」

「うんだ、村長様。おらの馬だと思って大事にすっぺ」「任せてくんな」

男たちは、それぞれ馬の轡を取って、自分の家に引き揚げて行った。

「さ、お殿様は家ん中に入ってくんろ」

村長は文史郎たちを促した。

農家の戸口から家の中に足を踏み入れた。

思ったよりも土間が広い。板の間に囲炉裏《いろり》が切ってある。

農家は曲がり屋になっており、土間に続いた奥に、厩が見えた。厩には、栗毛の馬が一頭入っていた。

美雪はシロを連れ、土間に入って来た。そのまま奥の厩にシロを連れて行った。厩は広く、二頭は十分に入れることができる。

「さあさ、皆さん、疲れたんべ。まずは、上がってくんろ」

村長は文史郎たちを板の間に上げ、囲炉裏端でくつろぐように促した。

文史郎は遠慮なく板の間に上がり、茣蓙《ござ》にどっかりと胡坐《あぐら》をかいた。左衛門も弥生も、疲れた顔で座り込んだ。

「ああ、疲れたべ」

シロを厩に入れた美雪が板の間に上がって来て、どたりと足を投げ出して座った。

終日、馬の鞍に乗って揺られていると、股関節は痛くなるし、軀は休まらない。時折、馬を休ませるため、下馬して歩いたこともあって、全身の節々が痛む。

村長はみんなの様子を見ていった。

「お殿様たち、メシの前に、まずはお風呂でも浸かって、疲れを取ったらよかんべな」

「それはありがたい」

文史郎はうなずいた。左衛門も弥生もほっとした顔をしている。

「それはよかんべ」美雪はうれしそうに笑った。

村長は声を張り上げた。

「おーい、おシゲ、風呂沸いてるか?」

「もうとっくに沸いてっぺ」

「じゃあ、お殿様たちに入ってもらうべ。婆さん、裏の風呂小屋に案内してやんな」

村長は老婆に指示し、煙管の莨を吹かしていた。


厩で馬が敷き藁の上に寝転がる気配がした。

文史郎たちは風呂を上がり、心の籠もった夕餉のもてなしを受け、さらには、村長取って置きの濁酒《にごりざけ》を振る舞われ、すっかりくつろいでいた。

外はしきりに雨の降る気配がしていた。空気も肌寒い。囲炉裏で、ちょろちょろと燃えている火が芯まで温めてくれた。

今夜、もし、どこかで野宿をしていたら、と思うと文史郎はぞっとした。

村長老夫婦とおシゲは、明日も早いといって、すでに奥の部屋で休んでいた。

美雪は弥生と、櫛で髪を梳《と》かしながら何ごとか楽しげに話をしていた。この数日の間に、二人はまるで姉妹のように仲良くなっていた。

文史郎は囲炉裏端にごろりと寝そべり、湯呑み茶碗の濁酒を飲んでいた。左衛門も太い柱に寄りかかり、濁酒を口にしている。

文史郎は心地よい酔いに身を任せていた。

美雪と弥生の話が一段落した折を見て、文史郎は美雪に話しかけた。

「美雪、ちと尋ねたいことがあるがよいか？」

「なんだべ？」

美雪は解いた長い髪を櫛で梳かしながら、文史郎に顔を向けた。

「遠野には魔物が棲んでいるときいたが、ほんとうか？」

「魔物？　なんだべ、それ？」

「分からん。山に天狗とか、山姥とか、おるときいたぞ」

「そんなの魔物じゃなかんべ。天狗様は神様だし、河童なんか、ほんとはいねえ。ただの伝説だ。山姥は年寄りの婆さんで、姥捨《うばす》て山に入った可哀相な婆さまだべ。魔物じゃあんめ」

左衛門が脇から口を挟んだ。

「そうでござる。殿は意外に迷信深いですからのう」

「そうかもしれんが、兄上のみならず、大門も手紙で遠野は異界だといっておる。異界というのは、この世とは違う、あの世だということであろう？」

「殿、まてまた、そんな迷信を」

左衛門は酔いでとろんとした目で文史郎を見つめた。

弥生が濡れた髪を手拭いで拭いながらいった。

「美雪さん、でも、さっきオシラサマの話をしていたじゃないの」

「あれは、伝説だんべな」

「でも、ほんとにあった昔話なんでしょ」

「うんだ。大昔のことで、いまの話じゃねえべ」

「どんな話なのだ？」

「遠野に伝わる、馬っこと娘の恋物語だ」

美雪はにっと白い歯を見せて笑った。

「むかしむかし、あるところに、爺さんと婆さん夫婦、それに可愛い娘がおったとさ。その家には、逞しい白い馬が一頭飼われていたそうな。……」

美雪は、静かな口調で物語りだした。

娘と白馬は小さいころから大の仲良しで、大きくなっても、いっしょに厩で過ごすほどだった。娘は年ごろになり、爺と婆がそろそろ婿を取ろうといいだしたら、娘は頑《かたく》なに首を縦に振らない。

そのうち娘は飼っている白馬と夫婦になりたい、と言い出した。そして、ある夜、老夫婦は、娘が白馬と厩で同衾するのを見てしまった。

怒った爺さんは、娘が留守のときに、馬を裏山に連れ出し、殺して木に吊し、革を剝いでしまった。

帰ってきた娘は白馬がいないのに気付き、裏山で木に吊されて死んでいるのを発見してしまった。悲しんだ娘も首を吊って死んでしまった。

そうすると、どこからか、死んだ白馬が娘を迎えに来て、娘を背に乗せ、天空に駆け上がっていき、空に光るお星さまになってしまった。

「どんどはれ」

美雪はにっと笑い、話を終えた。

「オシラサマというのはなんだ？」

「この話には、後日談があんだ」

「どんな続きがあるのだ？」

娘がいなくなって悲しんでいる爺と婆の夢に娘が現れ、馬を吊した木の葉についている白い虫を大事に育てなさい、と告げた。その木は桑《くわ》の木で、虫は蚕《かいこ》さんだった。

蚕さんは、繭《まゆ》を作る。それを解いて絹糸とし、絹織物を織るように、と。

そこで、爺と婆は桑の木の皮を剝き、白木の人形と馬形の一対の棒を作って、ふたりの霊を祀《まつ》った。

「それがオシラサマなんだ」

「ふうむ。悲しい伝説なのだな」

文史郎は頭を振った。

左衛門が冷ややかに笑った。

「殿、人間の娘と馬が夫婦になるなど、ありえぬことでしょうが。もし、ほんとにあったら、えらいことだ」

弥生と美雪が顔を見合わせ、ふっと笑った。

「そうかしらねえ」

「うんだ。ろくな男がいねえべ。いっそ馬っこといっしょに暮らした方がよかんべと思うこともあっぺ」

左衛門が美雪の顔を覗き込んだ。

「美雪、おぬし、あのシロと夫婦に……」

「馬鹿こくでね。シロはメスだべ。メス同士が夫婦になんかなれねえべ」

美雪は大きな口を開けて笑った。

文史郎は、美雪の話をききながら、目を閉じた。目の奥で、天空に駆け登る白馬と、その背に跨がった遠野の娘を想像した。

天空に上がった娘と白馬は、きらめく星になる？

いい話だ、と文史郎は思った。

どんとはれ。

美雪がいう、めでたしめでたし、という言葉をききながら、いつしか文史郎は眠りに就《つ》いていた。

第二話　遠野郷の夜

一

土牢《つちろう》の中にも夜の気配が忍び寄ってくる。

階段の上の扉の隙間からわずかな明かりが土牢に入ってくる。

大門甚兵衛は、薄暗い土牢の中で筵《むしろ》の寝床に仰向《あおむ》けに寝転がり、頑丈そうな木の梁《はり》を見上げた。

捕まってから、もう何日になるのだろうか？

はじめは、一日二回、朝と夕のメシが差し入れられるので、それで一日を数えていたが、炊事番がいい加減なのか、わざとなのか分からないが、一日一回のメシしか出ないこともあるので、時間の感覚がなくなった。

階段の上の扉の隙間から漏れてくる、わずかばかりの光から、夜と昼間の違いを判断していたが、それも眠っているうちに、昼と夜の区別がまったくつかなくなってしまった。岩壁に石のかけらで付けた印も八つになって以後は、印を付ける気力もなくなった。もう何十日も入れられているような気もする。

階段の上の扉の閂《かんぬき》が抜かれる音がした。

しばらくして、階段の上で扉が軋《きし》みながら開けられた。いきなり眩《まばゆ》い松明《たいまつ》の炎が、土牢のある地下室を照らした。

大門は腕で松明の光を遮《さえぎ》った。

牢番たちが一人の男を抱え、足音を立てて階段を降りて来る。

大門は起き上がった。

錠前《じょうまえ》を解錠する音がして、土牢の格子戸《こうしど》が軋みながら引き開けられた。

「おい、お仲間だ。介抱してやれ」

牢番たちが男の軀《からだ》を房の中に突き入れた。

男はよろめきながら、大門に突き当たるように倒れた。大門は男の軀を受け止めた。

「強情な野郎だんべ」

「ま、明日はとてももたねえべな」

牢番たちは口々にいい、笑い合いながら、松明の光とともに階段を戻って行った。

階上の扉が閉められ、土牢は再び真っ暗になった。

「大門様、そのお方の様子はどうだべ？」

隣の房から源衛門《げんえもん》の声がきこえた。

村長の源衛門もいっしょに捕まり、土牢に入れられた。源衛門も何度も連れ出され、拷問を受けている。

「息はしているようだ」

しばらくすると、暗闇に目が慣れ、またぼんやりとあたりが見えてくる。

大門は男の軀を撫でた。傷に触ると男は呻《うめ》き声を上げる。

「おい、しっかりしろ。痛むか？」

男は答えなかった。

「痛むのは、まだ生きている証拠だ。がんばれ」

何をどう頑張るのか、ときかれたら、答えようはないが、ともあれ、男に生きていてほしかった。

男は大門が捕まって土牢に入れられる以前から居る様子だった。

大門は捕まる際、なんの抵抗もしなかった。それをいいことに捕り手たちは容赦なく大門を叩きのめした。

大門が瀕死の状態で土牢に放り込まれたとき、男は親身になって介抱してくれた。男は寡黙で、名前さえ名乗らず、捕まったわけも話さなかった。

男は毎日のように連れ出され、拷問を受けていた。男がどんな目にあわされているのかは分からないが、毎回、戻ってくるときには、気を半ば失っていた。

両手の指の爪は全部剝がされ、背中には鞭打たれた生々しい傷跡があった。あるときには、全身がびしょぬれで、土牢に戻って来るとすぐに大量の水を吐いた。苛酷な水責めを受けた様子だった。

今日も朝から（男が連れ出されたあと、しばらくしてから朝メシの雑炊《ぞうすい》が出たので、朝だと思ったのだが）男は牢番たちに房から連れ出された。あれから、夕メシが差し入れられたあとにも戻らなかったのだから、一日がかりで痛めつけられたのだろう。

大門は男の軀を筵の上に横たえた。

「おい、しっかりしろ」

返事はなかった。男はぐったりとして筵の上に横たわっている。

大門は男の受けた傷を調べた。

顔面は殴られて倍ぐらいに腫《は》れ上がっている。唇は切れ、鼻は潰《つぶ》れ、顔は血だらけだった。髷は解けて、髪はざんばら、小袖は破れて、帯もしていない。

ほとんど半裸で、わずかに汚れた褌《ふんどし》が股間を覆っている。手や腕も血塗《ちまみ》れ、足も脛や腿にさまざまな傷がついている。全身から糞尿の臭いや鼻を摘《つま》むような異臭が放たれている。

「…………」

男は喉を鳴らしながら呻くように何かいった。

「なんだ？」

「……み、みず……」

「水か。水はない」

大門は男の腕を触った。傷口に血がついている。その腕の傷を男の口にあてた。

「舐《な》めろ。少しは渇《かわ》きの足しになる」

男は己の傷から出る血を舌で舐めた。

「おぬし、何をしたのかは知らぬが、よう頑張ったな」

男は舐めるのをやめた。その力もなくなったのかもしれない。息も荒い。軀が熱っぽい。

このままでは死ぬ、と大門は思った。

「このまま喋らないと死ぬことになるぞ。もう頑張らなくてもいい。生き延びることだけを考えろ」

大門は男を抱きながらいった。

「おぬし、百姓ではないな」

男は返事をしなかった。

「おぬしの立ち居振る舞いを見ていると、農民でも職人でもない。もともとは武士か郷士《ごうし》ではなかったのか?」

男は答えない。だが、男がじっときいているようにも思った。

「それも、ただの男ではないな。おぬしの姓名はなんと申すのだ? いいたくない? ならばいいわんでもいい。それにしても、どうして捕まったのだ? こんなに痛めつけられるような何をしたのだ?」

男にそのまま何かを話し続けないと、男は死んでしまうと思った。

「ははは。そうか。それがしが、なぜ捕まったのか、おぬしにいうのが先か。それがしは、どうやら、謀反の罪らしい。それがし、早池峰山の麓にある小さな村が気に入って、そこに住み着こうとした。正直申すとな、そこの神社の巫女《みこ》に惚れてな。これは内緒だが、そやつと添い遂げようと思うて住み着いたのだ。ところが、ある日、修験者の一団が神社を襲い、あろうことか、それがしが惚れた巫女を連れ去った」

腕の中で、男が少し身動《みじろ》いだ。やはり朧《おぼろげ》気な意識のうちでも、きいているのだ。

「そして、巫女の父親の村長に、娘を人質にして、一揆を起こせといってきた。それがしは、同じ修験者仲間として許せぬと、その修験者一味のいる山に乗り込んだ。そして、娘、つまり巫女を返してくれ、と頼み込んだ。ところが、断られた。その場では多勢に無勢、仕方なく引き揚げたところ、突如、役人どもがやって来て、それがしが村長たちを焚き付け、一揆をやろうとしただろう、といいがかりをつけられた」

男がまたぴくりと動いた。話をきいている。大門は話し続けた。

「冤罪《えんざい》だ。余所者のそれがしが、村人たちをいくら焚き付けたとしても一揆なんぞ起こるものではない。それに、それがしがいた村は決して豊かではなかったが、重税や賦役《ふえき》に悩んではいなかった。不満がないのに、なぜ、一揆を起こす？　のう、おぬしもそう思うだろう？」

男は動かなかった。大門はなおも話し続けた。

「そうか。それがしは何者だというのか？　それが、己にも分からないのだ。何もかもが嫌になってな。そう。世捨て人と申すのかな？　それも違うな。一時、それがしは、死のうと思った。生きている意味を見失った。だが、なかなか死のうと思っても死ないものだ。いろいろな地を彷徨《さまよ》い歩くうちに、修験行者たちに出会ったのだ」

　男は動かない。きこえているのか？

「そうしたら、行者の一人から諭されたのだ。己の煩悩《ぼんのう》を振り払うには、苦行難行を重ねて、自ら悟りを開けと。悟れば、己が何者かを理解することができるし、我らは、どこから来て、なんのために生き、そして、どこに行こうとしているのかも分かる、とな。それで、それがしは決心した。おもしろい、修験道に入ろうと。死ぬのをやめて、生きて悟りを開いてみるのも悪くないな、とな」

　男がかすかに身震いしたように思った。

「その修行半ばにして、早池峰山の麓の神社で美しい巫女に出会ったのだ。悟りを開くのもいいが、この小さな村で惚れた女子とひっそりと農地でも耕し、馬を肥やして暮らすのもよさそうだな、と」

　男がぴくりと動いた。笑ったように思った。

「笑ったか？　うむ、いい加減で、軟弱なやつだ、というのか？　それがしもそう思う。だが、女子に惚れるのも、いいと思わぬか？　惚れた女子のために命を捨てるという生き方死に方もある、と。せっかく、この世に生まれて来たのだ。己の人生は、己自身の手で決着をつける」

男が身動《みじろ》いだ。また笑ったように感じた。

「そうだよな。いま、この土牢にいるようでは、己の人生を己の手で決着をつけるなどということはできんよな。分かっている。だが、それがしはあきらめない。どうせ死ぬのなら、最後の最後、それがしは、力を尽くして、あの役人どもに一矢《いっし》を報《むく》いる。そのときには、おぬしにも手伝ってもらう。だから、まだ死ぬな。生きて、あいつらに思い知らせてやろう。いいな」

大門は男を励ましながら、己を奮い立たせた。

しかし、そうはいったものの、どうやって、この土牢を破るのか？

あの牢番たちが、この男を連れに入って来るときしか、機会はない。牢番たちから、杖を奪い、それで死に物狂いで打って出る。それしかなさそうだった。

それには……。

ふと階上で物音がするのがきこえた。空耳《そらみみ》でなければ、人の揉み合う気配と、打たれて苦しむ人の呻き声だ。

やがて閂《かんぬき》が外される音がきこえ、扉が軋《きし》み音を立てて開いた。松明《たいまつ》の明かりが、階段に見えた。

いくつもの影法師が踊るように揺らめき、階段を降りて来る。大門は息を呑んだ。

影法師は、いずれも人間の格好をした白ギツネだった。

キツネは神様の使いだ。

大門は心の中で、そう思った。とうとう祈りが通じたのだ。早池峰山の神様が助けを寄越した。そうに違いない。

「村長」

野太い男の声が響いた。

「ここだ」村長の返事があった。

ついで女の声が呼んだ。

「大門様」

「ここにいるぞ」

大門も答えた。

「お迎えに参りました」

男と女の声がいった。ついで、影法師が身軽に飛び降り、大門のいる土牢の格子戸に駆け寄った。錠前が外される音が響いた。

二

これまで山道を覆っていた、鬱蒼《うっそう》とした樹林が突然に開け、あたりが明るくなった。
文史郎は馬の手綱《たづな》を引いた。
峠に着いたのだ。
白馬のシロに乗った美雪が振り向いた。
「ここが仙人峠《せんにんとうげ》だ。ここから遠野郷が一望できっぺ」
眼前に緑の大地が拡がっていた。
森や林、田畑に農家の屋根が見える。
正面の遠くに連なる山々は、早池峰山の連峰だろう。
空でひばりの囀《さえず》りが響いている。
文史郎は疾風の馬上で伸び上がった。
峠を越えると、今度は坂道がまた濃い森の中に下って行く。
先刻から、背中にちりちりとした視線を感じている。何者かに見られている。
弥生がイカズチを文史郎の疾風に寄せた。

「文史郎様、何者かが……」

「うむ。分かっている。先刻から、ずっとわれらを尾《つ》けて見張っている。何人おる？」

「よく分かりません。大勢。それも人ではないのでは」

「なに？」

駿に乗った左衛門も文史郎に馬を寄せた。

「着かず離れず。尾行して来ます。もしや、獣《けもの》かと思われます」

左衛門は、背に荷物を載せたマキの手綱を引いている。

馬たちがしきりに鼻を鳴らし、蹄で地面を削っている。馬たちの様子もおかしい。

「いや、人もいるようです」

弥生が後方の森の中をちらりと窺った。

「人と獣だというのか？」

左衛門は頭を振った。

「我らの正体が分からず、見張っているのでは？」

美雪が怪訝な顔をして、シロの首を回し、文史郎の前に立った。

「殿様、どうしただ？」

「どうやら、迎えの者がいるらしい」

「迎え？　どこに？」

「左右の森の木陰だ」と文史郎。

堂々たる体軀のシロが近付いて来ると、不思議に馬たちの動揺がぴたりと収まった。

シロは鼻息を荒くし、牡馬たちを叱咤《しった》しているかのように見えた。

文史郎は苦笑した。

牡馬も牝馬の前では虚勢を張るというのか。

それとも、牝馬のシロが、大丈夫だという気を放っているのか。

「前方の林にも隠れている」

弥生が目で前方を差した。

「ほんとけ？」

美雪はあたりをきょろきょろ見回した。

「そんなのいなかんべ」

美雪は笑った。

文史郎はあたりの気を探った。

「いや、いる。姿は見せぬが、殺気を感じる。間違いない」

「ただ襲ってくる気ではありませんな」

左衛門が呟いた。

弥生は背筋に走るぞくぞくとした戦慄《せんりつ》を覚えた。

「我らに来るな、といっています」

「なに？」

「おまえたちが来るところではない、と」

「弥生、きこえるのか？」

「いえ。きこえるわけではありません。ただ、そう感じるのです」

「襲って来そうか？」

「そこまでは分かりません」

弥生は首を左右に振った。

文史郎は呟いた。

「この先、待ち伏せがあるやもしれぬ」

「はい」

「弥生も爺も備えろ」

文史郎は腰の刀の柄袋《つかぶくろ》を外した。弥生も左衛門も刀の柄袋を取り、懐に入れた。

美雪が笑い声を上げた。

「なに、ぶつぶついってんだ？　さ、行くべ。こんなところに立ち止まっていると、狼たちの餌食《えじき》になっぺ」

美雪はシロの首を前に向け、歩かせはじめた。

「なに？　狼たち？」

「うんだ。最近、狼の一群が、山ん中をうろついてるんだ。だけんど、滅多なことにはヒトや馬を襲わねえ」

「そうか」

「だけんど、あいつらだって腹減ってってときは分かんね。相手が弱いと見っと、群れなして襲ってくるべ」

「わしらは、どうかな？」

「どうだべ。おら、狼でねえから分かんね。だけんど、強そうだと見たら、遠くから見ているだけでねえけ」

美雪は高らかに笑い、シロの腹を踵《かかと》で打って前に進めた。シロは大きな尻を揺らしながら歩いて行く。長い尾が左右にゆさゆさと揺れる。

文史郎の乗った疾風、弥生のイカズチ、左衛門の駿が、そして、荷を背負ったマキまでが鼻息を荒くして、前へ出て、シロの尻のすぐ後ろについて行こうとする。

シロはメスである匂いを放っているらしい。牡馬どもは狼がいることをそっちのけにし、シロしか目に入らないらしい。

文史郎は弥生と顔を見合わせ、苦笑いした。

「文史郎様、気を引き締めてくださいね」

「分かっておる。それがしは牡馬と違う」

「さ、どうですか」

弥生は横目で文史郎を見つめた。

「どうどう。急ぐな。順番だ」

文史郎は、シロの後ろに疾風をつけ、正面左右に気をつける。

弥生と左衛門は馬の轡を並べ、文史郎のあとにつけた。

右側の弥生がイカズチを操りながら右側の森を窺った。左側の左衛門が駿を宥《なだ》めながら、左手の森に気を配った。最後に荷物を背負ったマキが続く。

森の中の殺気は、文史郎たち一行の移動とともに、ゆっくりと移って行く。

殺気が移ると、森の小鳥たちの囀《さえず》りが消える。殺気が通りすぎると、また元のように小鳥たちは囀りを始める。

坂道はなだらかになり、左右の森も後退した。樹林に替わって灌木や草叢《くさむら》が拡がる平地になった。

文史郎ははっと右手の茂みに動く黒い毛並みの獣に気付いた。

狼だ。それも、何匹もの狼が頭を低くして、草叢から草叢に隠れるようにして付いてくる。

文史郎は背後の弥生や左衛門を見た。二人とも気付いて緊張した顔であたりを睨んでいる。

先頭の美雪も察した様子で叫んだ。

「急ぐべ」

美雪はシロの両腹をぽんと蹴った。シロはゆっくりとだが、道をどたどたと走り出した。

「はいどー」

文史郎たちも、鐙《あぶみ》で馬の脇腹を蹴り、速度を上げた。馬たちは嬉々《きき》として躍るように走り出した。だが、いずれの馬も、シロを追い抜こうとはしない。シロのあとを追って走るのが嬉しいらしい。

文史郎は苦笑いした。

五騎の騎馬隊は、地響きを立てて走る。シロは見かけこそ遅そうな走りだったが、力強く走る。ほかの馬たちも軽快に走り、シロを追った。

どこからか甲高い笛の音がきこえた。

犬笛？

文史郎ははっとして後方を振り向いた。

樹林の中に白装束の修験者の姿が一瞬隠れるのが見えた。

それまで左右を追っていた狼たちの足が止まった。茂みの陰から出て来た数十匹の狼たちが、いずれも長い舌を出し、息をはーはーさせながら文史郎たちを残念そうに見送っていた。

狼使いか？　恐るべし。

文史郎は目の奥に白装束の修験者の姿を焼き付けた。

やがて、騎馬隊を追うのをあきらめた狼たちの群れは姿を消した。

それでも五騎の騎馬は、原野を駆けた。見る見るうちに仙人峠の森は後ろになっていく。

しばらく走るうちに、前方に粗末な小屋が何棟か見えてきた。

「ここまで来れば、安心だ」

美雪はシロを並み足に戻した。文史郎たちも馬を並み足に替えた。

文史郎は疾風を前に出し、シロと並べて歩ませた。

「美雪、おぬしは一人で、あの峠を越えたのか？」

「うんだ」

「よく狼たちに襲われなかったな。恐くなかったか？」

「恐くはね。シロがいっしょだったかんな。シロが怒ったら狼なんか一蹴り二蹴りで蹴り殺すべ。あいつらも、よほどの覚悟がないと、襲って来ねえだ」

美雪は笑った。

「それに、やつら、遠野から出る者はなぜか襲わねえんだ。遠野に入って来るやつを襲うべな」

「どうして？」

「なしてって、狼たちも遠野を守ろうっていうんだべ。余所者が来るのを好まねえんだ」

「ふうむ」

文史郎は感心した。

「ところで、犬笛を吹いた修験者がいたが、あいつは狼使いか？」

「犬笛？　気付かなかっただ。そんな修験者、ほんとにいたけ？」

美雪は怪訝な顔をした。

「確かにいた。それがしが見ると、急いで姿を消した」

「文史郎様、それがしも、犬笛をきき、急いで振り向いたとき、一瞬白装束の行者を見ました。それも一人ではなく、二人か三人」

弥生が後ろからいった。左衛門も叫んだ。

「殿、確かに二人以上いましたぞ」

「そうか」

文史郎は唸《うな》った。

あの狂暴な狼の群れを手懐《てなず》ける修験者がいるというのか。

「うんだか。おら、知らなかった」

美雪はまだ半信半疑の顔だった。

森を背にした小屋の集落に着いた。

「ここは杣人《そまびと》や馬搬たちの村だ」

美雪は柵の出入口でシロを止めた。

集落は丈の高い木の柵に囲まれており、その中で大勢の杣人や馬搬たちが働いていた。

野原には森から伐《き》り出した木材の山が幾十と並んでいる。

集落の近くに小川が流れており、杣人たちは山から伐り出した材木を川に浸け、筏《いかだ》を組んで下流へと流す。そうやって北上川《きたかみがわ》に材木を運び、江戸まで売りに出すのだ。

美雪はシロを進め、杣小屋の外で煙管を吹かしている古老の前で馬から下りた。

「親方、通してくんろ」

「おんや、どこの別嬪《べっぴん》さんが来たかと思ったら、なんだ早池峰村の美雪じゃねえかい。驚いたな。えらくめんこくなって」

親方と呼ばれた古老は皺だらけの顔を綻《ほころ》ばせた。

材木に鋸《のこぎり》を引いていた男たちが手を休め、大声でいい、手を振って迎えた。

「なんだなんだ。美雪だと」

「あ、ほんとだべ。早池峰村の村長とこの娘っこの美雪でねえか」

美雪も、みんなに手を振り、挨拶した。ついで親方に振り向いた。

「この方々は、江戸の長屋の殿様と、その御家来衆だ」

文史郎たちは一斉に馬を下りた。

美雪は親方の古老を手で紹介した。

「この爺様は、馬搬を仕切る歳蔵《としぞう》親方だ。馬っこたくさん持っていんだ」

「なに、殿様だって？　これは畏れ多かんべ。よくぞ御出でになられました」

歳蔵親方は文史郎に頭を下げた。弥生に向かい、恭《うやうや》しくお辞儀をした。

「こちらの御方はお姫様だんべか。これはこれは、こんな田舎まで、ようこそ御出でになられたな。そして、こちらの御仁は、ご家老様だんべか？　我ら馬搬者は、不《ぶ》躾者《しつけもの》の無頼人ばかりですけ、どうぞ、よろしうお願いしますだ」

歳蔵親方は左衛門にも頭を下げた。

「よろしうお願いしますだ」

周囲に集まった馬搬や杣人たちも、親方といっしょに頭を下げた。

「こちらこそ、よろしうお願いいたす」

文史郎も歳蔵親方に頭を下げた。弥生も左衛門もいっしょに挨拶をする。

「いや、なに、それがしは家老なんぞではない。殿の傅役《もりやく》にござる」

左衛門は、家老と間違われて、満更でもない顔をしている。

弥生も姫と呼ばれ、困惑していた。

文史郎は歳蔵親方に尋ねた。

「仙人峠を越えて間もなく、狼の群れに付きまとわれた。おぬしたちは山で狼たちに襲われたことはないのか？」

「やっぱ、狼が出ましたか。いまのところ、見かけたという話はいくつもあるけんど、襲われたっていうことはねえだ。なんせ、馬搬や杣仕事は大勢でやるんで、狼たちも、わしらを恐れて寄っても来ねえ。もし、襲ってきたら、鳶口《とびぐち》や鉈《なた》を振るって、ただじゃ済まねえからな。狼は頭いいから、人間よりも、山にいる鹿なんかを狙った方がいい、と分かってんだ」

歳蔵親方は笑った。

「ならばいいのだが。ところで、その狼の群れを操る修験の行者たちを見かけたのだが、それは存じておるか？」

「狼を操る行者だと？」

歳蔵親方は目を細めた。左衛門が文史郎に替わっていった。

「犬笛の音をきいた。すると、狼たちが我々を尾《つ》けるのをやめた。誰かが狼たちを操っているとみたのだが」

歳蔵親方は周囲に集まった馬搬の人夫たちに訊いた。

「誰か、そんな行者を見かけたもんはいるか？」

「親方、そういえば、市からの帰り道で、そんな笛のような鋭い音をきいたことあんな」

「おらも」

「おらもきいたことあっぺ」

三、四人が声を上げた。

「行者の姿は見かけたか？」

「おら、見たべ。馬搬で荷物を運んでいたときだ。三、四人の修験の行者が山ん中を飛ぶように走って行ったべ。驚いて見てたんだ。そしたら、行者を追って、何匹かの狼が走っていたべ」

「熊吉《くまきち》、それをどこで見たんだ？」

「笛吹《ふえふき》峠《とうげ》付近だったべな。釜石《かまいし》からの帰り道だったべな」

「美雪、笛吹峠というのは？」

文史郎が訊いた。美雪が振り向いた。

「釜石から遠野に抜ける山道の峠だ」

「ここから近いのか？」

「いんや、少し離れているだ。だけんど、狼の足なら一走りでこっちに来ることができるべな」

歳蔵親方がにやっと笑った。

「心配ねえ。やつら、普段は山から里には下りて来ねえ。ここは、柵があっから、そう簡単には入れねえ。安心だべ」

「ならばいい」

文史郎は弥生と顔を見合わせて安堵した。

歳蔵親方は美雪に尋ねた。

「それはそうと、美雪、お父は大丈夫か？　役人に連れて行かれたってきいたけんど、どうなってるんだ？」

「お父は何も悪くねえ。一揆だの謀反だのいわれてっけど、何もしてね」

美雪は激しく頭を振った。

「だよな。わしもそう信じているだ。確かに、領主様から課せられる税や賦役は重くて、生活が苦しいけんど、一揆を起こすほどのものじゃあねえ。それでも、お父たちが、もし、早池峰山《た》で一揆を起こすなら、わしとお父の源衛門の仲だ。わしも呼応していっしょに起ち上がるべさ。だけんど、お父の源衛門から、そんな話、何もきいてねえだ」

「だけんど、城代の宇月大善《うづきだいぜん》はお父の申し開きをまったくきかねえんだ。そんで、この前にやって来た役人どもは、お父ばかりかいっしょにいた大門様までも引っ括って連れて行ってしまったんだ」

「なに、その大門様ってえのは？」

歳蔵親方は訝った。

「早池峰山で修験道の修行をなさっていた行者様だ。村に住み着き、村人のために働こうとしていたんだ。こちらの殿様方は、その大門様を助けようと、江戸からはるばる御出でなさったんだ」

「さよう。大門は我らの仲間、こちらで謀反の疑いで捕まり、明日にも処刑されるときいて駆け付けたのだ」

文史郎がうなずいた。

「もちろん、大門ばかりでなく、美雪の父親で村長の源衛門殿もいっしょに助け出す所存だ」

「それはありがてえこった。わしも、源衛門が城代様の家来に捕まったってきいたんで、馬搬の仲間と声をかけ合って、城代様に無実を訴え、釈放してほしい、と嘆願書を出したばかりだった」

「ありがてえことです だ」

美雪が涙ぐんだ。

「そういうことだったら、馬搬の歳蔵も男だす。お殿様をお助けすっぺ。なんでもいってくんろ。遠野馬搬のみんなに、お殿様を助けるよう呼びかけっぺ。なあ、みんな」

歳蔵親方の呼びかけに、集まった馬搬、杣人たちは「おう」と雄叫びを上げた。

「そうか。それはありがたい。皆の衆、よろしう頼む」

文史郎は歳蔵親方や馬搬、杣人たちの男気に敬意を示した。

歳蔵親方は美雪に向いた。

「ところで、美雪、繭美《まゆみ》姉さんはどうなったんだ？」

「攫われたままだんべな」

「誰に攫われたんだ？」

「六角牛山《ろっこうしさん》の行者らしいんだ。それで、大門様は六角牛山に出掛け、行者たちにかけあって姉さんを助けようとしてたんだ」

「そうだったんけ。やつら、そんな悪さをしてんのか」

歳蔵親方は声を荒げていった。

文史郎が美雪に尋ねた。

「美雪、大門は、おぬしの姉さんを助けに、その六角牛山へ行ったのか？」

「うんだ」

弥生が口を挟んだ。

「大門様と美雪さんの姉さんとは、どういう間柄なの？」

「大門様と姉さんは、いい仲なんだ」

弥生は文史郎と顔を見合わせた。

文史郎は、そうか、と納得した。

大門が立ち直ったのは、美雪の姉の繭美に出会ったからなのか。おそらく、その繭美が攫われたので、大門は必死に繭美を取り戻そうとしていたのに違いない。

「その六角牛山の行者と申すは、いったい何者なのだ？」

「あとで話すべと思ったけんど、六角牛山にも修験者たちが居んだ。そこの修験者たちは、早池峰山の行者と仲が悪いんだ。そんで早池峰神社の巫女をしていた繭美姉さんを攫って人質に取り、お父にいうことをきけって迫ってんだ」

「源衛門に何を要求したのだ？　お金か？　それとも物か？」

「早池峰山の行者たちを追い出せといわれたんだ。お父は、そんなことはできねえと断ったんだ。お父は早池峰神社の宮司をしていても、早池峰山の修験者たちの長ではねえ。追い出すなんてことできるはずがねえだ」

「無理難題をふっかけたということだな」

「うんだ。そしたら、お父に領主に対して一揆を起こせと言い出したんだ」

「なに、一揆も」

「当然、お父はそれも断ったべな。その矢先に、城代の役人たちが押し掛けて来て、お父を謀反人として捕らえて連れ去ったんだ」

「なるほど。そういうことだったのか」

文史郎は左衛門と顔を見合わせた。

「城代は、六角牛山の行者たちが一揆を焚き付けていることを存じておるのかのう？」

「おら、知らねだ」

美雪は頭を左右に振った。

文史郎は腕組をし、考え込んだ。

「ともかく、我らは城に乗り込もう。城代や家老に会って、大門と村長源衛門殿を釈放させる。それから、どういう事情なのか、調べてみよう」

「そうですね」弥生は賛意を示した。左衛門も黙ってうなずいた。

三

大門は目を覚ました。
あたりが明るい。
眩《まぶ》しい。明るすぎる。
目を手で覆った。ここはどこだ？
薄目を開けて天井を見た。天井が格子模様になっていた。ここは土牢ではない。
大門は柔らかな蒲団に寝ているのに気付いた。
そうだ。土牢から助けられたのだ。
はっとして周りを見回した。
拷問で痛め付けられた男がいない。土牢にあのまま置いてけぼりにしたのか？
村長は？
村長の源衛門は助けられたのか？
大門は記憶を探った。
キツネの面を被った男や女たちに助けられたところまでは覚えていた。そこから、どうやって土牢を抜け出し、どこへどう連れ出されたのか。その記憶がないのだ。

いったい、ここはどこなのだ？

座敷に寝かされている。それも二十畳敷きはあろうか、という座敷だ。

襖の上には欄間《らんま》があり、猿やキツネ、馬、天女が彫り込まれてある。

襖絵は早池峰山の嶺嶺が、雲や霧に霞んでいる水墨画《すいぼくが》だ。曲がり屋の農家も描かれている。

床の間には、紅梅の枝を差した花瓶があった。その後ろの壁には、掛け軸が下がっていた。こちらは杉の木立ちが霧に霞む絵柄の水墨画だ。

座敷の正面は、明るい障子戸が閉まっており、小鳥の囀《さえず》りがきこえてくる。耳を澄ますと、小川のせせらぎもきこえる。

いったい、ここはどこなのだ？

大門は蒲団の上にむっくりと起き上がった。全身の節々が痛む。

手足を見て、驚いた。

あんなに血だらけで、汗や泥で汚れた手足をしていたのに、いつの間にかきれいになっている。

不思議なことに、拷問を受けてできた傷もほとんど目立たない。そんな傷が癒えるほど、長い時間、眠っていたということなのか？

襖が音もなく開かれ、若い娘が顔を出した。

「お目覚めでございますか？」

白い小袖に緋色《ひいろ》の袴《はかま》姿の巫女だった。

白い肌の美しい、清楚な娘だった。白い歯を見せ、にっこりと笑った。

「せ、拙者、いつから眠っておったのだろう？」

「もう、何日もでございます」

「何日も」

大門はそれで拷問で受けた傷が癒えたのだ、と納得できた。

「いっしょに牢にいた村長の源衛門殿は？」

「湯治《とうじ》の温泉に浸かっておられます」

「そうか。村長も無事助けられたか」

大門は一つ安堵した。

「して、それがしといっしょにおった男は、どうなった？」

「別のお部屋でお休みでございます」

「そうか。あやつも無事に助け出されたというのだな」

大門はほっとした。そういえば、男の名前も身分もきいていない。だが、あれだけ拷問で締め上げられた軀だ。恢復するのも容易ではないだろう。ともあれ、ゆっくり休んで療養し、体力を回復することだ。

「ところで、ここは、いったい、どこなのか？」

「はい。山奥の隠れ家にございます」

「隠れ家？　どなたの隠れ家なのだ？」

「権現様《ごんげんさま》の御宿にございます」

「権現様と申すは、どなたなのだ？」

巫女はにこやかに笑い、手にした浴衣を広げた。

「それは、すぐに分かります。いまはともあれ、湯治のお時間でございます。浴衣にお召し替えくださいませ」

「湯治だと？」

「はい。傷や万病に効く温泉がございます。どうぞ、お召し替えになり、湯治をなさって早く元の軀になってくださいませ」

巫女は進み出て、大門の寝巻の帯を解き、下帯《したおび》姿にした。大門は慌てて股間を手で隠した。

巫女は澄ました顔で大門の肩に浴衣をかけた。大門は急いで浴衣の袖に腕を通した。

そのとき、ふと部屋の隅に、おかっぱ頭の幼女が座っているのに気付いた。幼女は大門を見て、にっこりと笑った。

「お、……この子は」

巫女はにこりと笑い、大門を廊下に促した。

「大門様、どうぞ、こちらへ」

巫女は先に立って歩き出した。

大門は幼女を振り向くと、いつの間にか、幼女の姿は消えていた。

な、なんなのだ？

大門は面食らった。確かに座敷の隅に、幼女が座り、笑っていたというのに、どこに消えたというのか？

開いた襖から廊下に出た。大門は目を剝いた。廊下には欄干《らんかん》がついていて回廊のように部屋を囲んでいる。

大門は足を止めた。廊下からは、緑の樹林が絨毯《じゅうたん》のように拡がっているのが見えた。

家は山の中腹にあるらしく、振り向けば目の前に早池峰山の頂が望めた。

「さ、こちらへ」

　巫女が大門を廊下についた階段に促した。それは長い長い階段で、真直ぐに緑の森の中に下りていき、その先は木々の葉陰に隠れていて見えなかった。

　大門は巫女の後ろについて階段を下りた。

　何百段もの階段だった。はじめは、一段一段数えていたが、あまり数が多いので、百段付近から数えるのをやめてしまった。

「巫女殿、おぬしの名は？」

「はい。サヨにございます」

「サヨか。おぬし、繭美という巫女を存じておろう？　おぬしと同じくらいの歳ごろの美しい巫女だが」

「はい。わたしは繭美様のお付きをしている巫女にございます」

「さようか。繭美殿は、まだ帰っておらぬのか？」

「はい。まだ囚われの身でございます」

「さようか。おのれ」

　大門は思い出した。いまのいまも、繭美はあの六角牛山の修験者どもの手中《しゅちゅう》にある。

怒りの炎が心の中でめらめらと燃えるのを覚えた。

役末角《えんのすえづぬ》め。

あの役末角は、六角牛山に陣取る修験者たちの長《おさ》を名乗っている。もともと彼らは大和修験者、熊野吉野《くまのよしの》の行者のはず。それが、なぜ、この地、みちのくの遠野にまでやって来て悪さをするのだ?

大門が偶然に垣間見《かいまみ》た役末角が揮《ふる》う秘太刀陽炎剣《かげろうけん》は、さすがの大門も背筋に戦慄が走るのを覚えた妖剣だった。

あの陽炎剣に立ち合って勝つのは、並大抵の腕では無理だと思った。だからといって、やつらに囚われている繭美を見捨てることはできない。

大門は、いっさい武器を持たず、丸腰でに六角牛山へ出向き、役末角の前に立った。斬られるのを覚悟して繭美の解放を求めた。というよりも、土下座して、役末角に繭美を返してほしいとお願いしたのだった。

役末角は、大門の懇願にはじめ驚いた顔をしていたが、大門が早池峰神社の宮司で村長の源衛門の代理ではなく、ただの行者としてやって来たと知ると大笑いした。そして、今回は同じ修験者として、大門を哀れみ、無事に帰すが、二度はないぞ、といった。

次の機会には、必ず村長に要求したことへの返事を携えて来い、さもないと、たとえ大門が丸腰であろうと斬る、と脅したのだった。

「こちらでございます」

いつしか、長い階段は終わり、露天風呂の前の小屋に着いていた。温泉の臭いがして、湯煙が岩風呂を隠していた。

湯煙の中に何人もの先客たちの人影が見えた。

湯の中で話す声がきこえた。

先客の一人はおそらく村長の源衛門殿に違いない。

「では、どうぞ、ごゆるりと」

巫女は大門に長い髪の頭を下げ、階段に引き揚げて行った。

大門は屋根だけの小屋に入り、浴衣を脱いだ。下帯を解き、素裸になると、手拭いを頭に載せ、岩風呂の湯に足を入れた。

「お邪魔いたす」

湯に浸かっていた人影が答えた。

「ああ、どうぞ。大門様ですね」

源衛門の声だった。もう一人は黙ったまま、湯煙の中にいる。

「おう。これはいい湯だ。生き返る気分だ」

「大門様、湯の中ですが、こちらが、当館《やかた》の主《あるじ》、権現様にございます」

「おう。そうでござったか。権現様、大門甚兵衛にござる。お世話になります」

湯煙が微風で薄れ、湯に肩まで浸かった白髪白髯《はくはつはくぜん》の古老の顔がちらりと見えた。歳は取っているが、きりりと引き締まった顔には、人を圧する威厳があった。

大門は慌てて、挨拶をし直した。

「権現様には、お初にお目にかかります。こんな格好で、お目にかかるとは、いささかみっともなくも、恥ずかしい」

大門は股間を手拭いで隠しながら、湯の中で立ち、権現様に頭を下げた。

古老の顔が綻《ほころ》び、穏やかな笑みが浮かんだ。

「大門殿でござるか。怪我の具合はいかがかな」

「はあ。だいぶ、よさそうでして。そもそも、どこを怪我したのか、分からないくらいでござる」

「そうですか。それはよかった」

「大門様、権現様が私たちを牢から救け出してくれたのですよ」

「さようでござったか。かたじけのうござる」

「それに、皆様の手厚い看護があって、お怪我も治ったのです」

「ははは。この温泉の湯治の効用でもありましょうぞ。この湯に浸かれば、万病が治り、多少の怪我や傷痕は跡形もなく消える。それゆえ、猿や鹿、狼たちも怪我をすると、この湯に浸かって治すのです」

「ほう。獣たちもでござるか」

権現様はうなずき、黙って岩風呂の奥を顎で差した。

湯煙がまた風に薄れ、同じ岩風呂に数匹の猿たちの赤い顔が現れた。猿だけでなく、角《つの》の生えた鹿の顔もあった。

「あっ、鹿もいる」

鹿は大門の声に驚き、大きな水音を立てて、岩風呂から出て行った。

猿たちは平気な顔で湯に浸かっている。

「分かりましたかな」

「これは、驚きました」

「人も獣も、いずれも天の神様から与えられた、同じ命を持った生きものです。言葉は話せなくても、心を通わせることはできる」

「さ、さようでござるな」

大門は湯に浸かった。湯煙が薄れ、目の前に真っ赤な顔の猿があった。猿は大門に口を開けて笑ったように見えた。

大門は思わず猿にうなずいた。

村長の源衛門は、大門に目を細めた。

「大門様は、猿の頭《かしら》に気に入られたようですな」

「ほう。では、この猿が」

「早池峰山に棲む猿の群れを率いる頭のゴンゾウです」

ゴンゾウという言葉に猿はすぐに反応し、源衛門に目を向けた。言葉が分かるらしい。

「権現様は、この早池峰修験の行者たちを束ねる御方です。権現様は、人ばかりか獣たちからも敬《うやま》われておられる」

「いや、そうでもない。私を早池峰山から追い出そうとする輩《やから》もおる。これは、私の不徳の致すところ」

「そんなことはございませぬ。昔からの遠野の者は、人も生きものも、皆、変わらず権現様を敬っておりまする。あの大和から来た余所者たちを別にすれば……」

源衛門は頭を振った。

大門が口を挟んだ。

「その余所者たちと申すは、六角牛山に陣取る行者たちでござるか？」

「ううむ」

権現様はうなずき、目を閉じた。

源衛門が代弁するようにいった。

「大和修験者一味は、この早池峰山から力で権現様を追い出し、遠野郷一帯を大和修験の地に変えようとしているのです。権現様は、争いがお好きではないので、なんとか大和修験者の長《おさ》と穏やかに交渉して、そのような野望を抱かぬよう、そして遠野をこれまでのような穏やかな里として保とうとしているのですが、相手が応じない。そのこともあって、権現様は悩んでおられるのです」

「大和修験者の長というのは、役末角でござるか？」

「さよう。しかし、役末角と名乗っているが、本物の役末角かどうかは、疑わしいのだ」

「と申されますと？」

「役末角は、役行者《えんのぎょうじゃ》の末裔と自称し、姓こそ役公《えだちのきみ》名を末角《すえづぬ》と名乗っておるが、あの御仁は、どう見ても役小角《えんのおづぬ》様の末裔とは思えないのだ。役小角様は争わず和を尊び、多くの民を救い、大勢の人々から神様として崇められた徳の高い行者だった。役末角は、その末裔に相応しい行者とは、どうも思えない」

「なるほど。繭美殿を人質に取って、村長に一揆を起こせと迫るようなことはしないということですか」

「そうだ。ほんとうに役小角の末裔であるなら、和を求め、遠野の地に戦や騒動をもたらすようなことはしないはず」

「しかし、とうてい、人が編み出したとは思えぬような秘太刀陽炎剣なる妖刀を遣いますが」

「うむ。わたしも、その秘太刀陽炎剣を耳にしたし、目にも見た」

「ご覧になられたのですか？」

「うむ」

権現様はうなずいた。

源衛門が脇からいった。

「権現様は、遠野郷に起こることすべてを御見通《おみとお》しです」

権現様は湯からざぶりと音を立てて立ち上がった。

「源衛門殿、大門殿、そろそろ上がろう。長湯をすると、湯中《ゆあた》りしてしまうぞ」

それをきいたのか、猿たちも一斉に岩風呂から上がりはじめた。

上がった猿たちは、声を上げて騒ぎながら風呂の傍らに流れる小川に飛び込み、軀を冷ましはじめた。

大門は権現様の裸身に目を瞠《みは》った。

権現様は年寄りにもかかわらず、筋骨隆々として、若者のように逞しい体付きをしていた。

まるで阿吽《あうん》の仁王像のような逞しさだった。

権現様は手桶の水を何杯も頭から被った。

大門も手桶の水を何杯も被り、火照った軀を冷ました。

「では、先に参るぞ」

権現様は下帯をきりりと締めると、浴衣を羽織り、小屋を出て行った。

大門も源衛門も急いで手拭いで雫《しずく》を拭い、浴衣姿になって階段に急いだが、すでに権現様の姿はなかった。

いつの間にか、あたりは黄昏《たそがれ》て、薄暗くなっている。館の背後に見える早池峰山の嶺嶺が残照を浴びて赤く輝いていた。

「権現様は、足が速いですなあ」

大門は感心したようにいった。

「ははは。権現様は、人のお姿をしておられるが、人ではございませぬ。空を飛ぶこともできるとされます」

「なんと人ではない？」

「権現様は、早池峰山にお住いになる神々のお一人でございますから」

源衛門は愉快そうに笑った。大門はキツネにつままれたように呆然としていた。

四

文史郎たち一行が遠野の城下町に入ったのは、その日の夕方だった。

美雪は、城下町に入る道筋まで、文史郎たちを案内すると、別れて馬搬の歳蔵親方たちの許に引き返して行った。

美雪は役人たちから追われている。町のいたるところに役人の目があるはずだ。そんな城下町に、わざわざ入るのは、飛んで火に入る夏の虫だ。

美雪は馬搬の仲間たちといっしょにいる限り、安全だった。文史郎は、美雪のお父の村長と大門を釈放させたら、必ず美雪を迎えに行くといって別れた。

牝馬のシロが来た道を戻り出すと、イカズチ、疾風、駿、マキの四頭の牡馬たちは、シロに付いて行こうと騒ぎ出した。

「おまえら、シロとはあとでまたいっしょになるから、おとなしくしろ」

文史郎は牡馬たちを宥め、ようやく城下町の入り口に向かった。

遠野南部氏の鍋倉《なべくら》城は、小高い丘の上に聳え建っていた。西陽を浴びて、白壁が茜《あかね》色《いろ》に染まっていた。

街道筋には旅籠がずらりと並び、呼び込みの女たちが通りかかる旅人や行商人、僧侶や武家たちを待ち受けていた。

だが、呼び込みの女たちは、馬に乗った文史郎たち一行には、声をかけるのを躊《ちゆう》躇《ちよ》した。普通の武家の旅人ではない、と見られたからだ。

鍋倉の城下町には、街道筋にあるような武家専用の本陣宿はなかった。

歳蔵親方によると、何頭もの馬を世話ができる宿は限られており、町には三軒しかないとのことだった。

「爺、尋ねてみよ」

「はい」

左衛門はひらりと馬から飛び下りた。

「これ、御女中衆、ちと尋ねたいことがある」

左衛門は、呼び込み女たちに声をかけた。

「あんれ、御女中衆っておらたちのことだべか」

「うんだら、おら、御女中だべさ」

「おい、御女中衆、ちと尋ねたいことがあんだ。きいてくれ」

「ははは」

呼び込み女たちは、どっと笑い、きゃあきゃあと声を上げて騒ぐ。左衛門は、声のかけようもなく、おろおろしていた。

そこへどこからともなく、旅館の番頭らしい格好の年寄りが呼び込み女たちを掻き分けて現れた。

「さあさ、おまえら、旅の人たちをこけにしおって。さ、あっちさ行け」

年寄りは、左衛門に頭を下げ、ついで馬上の文史郎や弥生に愛想を振り撒いた。

「これはこれは、旅の御人たち、さぞお疲れのことでしょう。今夜は、どちらにお泊りのご予定でございますか？」

「うむ。宿を探しておるところだ」

左衛門がほっとした顔でうなずいた。

「どちらの御宿でございましょうか？」

「鹿野屋《かのや》ときいた」

左衛門は歳蔵親方から教えられた宿の名を告げた。

「それはそれは、ご贔屓《ひいき》していただきありがとうございます。鹿野屋は当方でございます。ようこそ、おいでくださいました」

年寄りは皺だらけの顔を綻《ほころ》ばせていった。

「おう、そなたのところが鹿野屋か」

「はい。さようで。わたしは鹿野屋の番頭吉兵衛《きちべえ》にございます。どうぞ、なんでもお申しつけくださいませ」

「馬の世話もしてくれるとかきいたが」

「もちろんでございます。こちらの四頭でございますね。厩がご用意してあります。大事にお世話をさせていただきますので、ご安心を。ところで、うちの宿のことを、どなたからおききになられましたか？」

「馬搬の歳蔵親方だ」

「そうでございますか。歳蔵親方には、私どももたいへんにお世話になっております。うちの馬丁は、歳蔵親方の許で、馬の世話を修業した者でございます。では、こちらへどうぞ」

吉兵衛は文史郎の疾風と弥生のイカズチの轡を両手で取り、道案内を始めた。

宿屋鹿野屋は旅籠街の外れにあった。普通の旅籠と違い、街道筋の本陣宿にも劣らない堂々たる門構えの宿屋だった。

文史郎たちが近付くと、いち早く気付いた女中や番頭や下男たちが門外に走り出て、文史郎たちを出迎えた。

「いらっしゃいませ」

「ようこそ、御出でくださいました」

「お疲れでございましょう。さあさ、どうぞ、こちらへ」

文史郎と弥生は馬を下りた。出迎えた下男たちに馬たちの手綱を渡した。番頭たちが、マキの背から荷物を下ろして玄関先に運んだ。

「では、お馬様たちのお世話をさせていただきます」

下男たちは慣れた手つきで、馬たちを宿屋の横手の通路に連れて行く。その先に厩があるらしい。

女中たちが文史郎、弥生、左衛門に殺到し、足取り手取りするように玄関先に案内した。

足洗いの桶が運ばれ、女中たちは式台に腰を掛けた文史郎たちの足を洗った。

宿の女将《おかみ》が笑顔でいった。

「私は宿の女将の津留《つる》と申します。ようこそ、御出でくださいました。歳蔵親方様のご紹介とのことで。いつもご贔屓していただきまして、ありがとうございます」

津留は文史郎、左衛門、弥生に頭を下げた。

「さあ、お上がりになったら、さっそくにお風呂にお入りになり、旅のお疲れをお流しください。その間にお食事のご用意をさせていただきます」

左衛門は文史郎に顔を向けた。

「殿、いかがいたしますか？　間もなく日が暮れるとはいえ、まだ外は明るうございますぞ。このまま城を訪ねて、城代宇月大善に面会を求めてみては」

「文史郎様、そうでございます。我らは物見遊山の旅で、遠野に参ったのではございません。一刻も早く大門様をお救いせねばなりません」

弥生も真顔でいった。

「うむ。そうしよう。番頭、旅装は解かず、荷物だけを宿に預け、すぐに出掛ける。帰ったら風呂と食事を頼む」

「どちらにお越しでございますか？」

番頭は怪訝な顔をした。

「城だ。急いで城代に会わねばならぬ」

番頭は女将と顔を見合わせた。

「この時刻ですと、すでに城門は閉じられております。よほど火急の御用でなければ、門番も開けてはくれますまい」

「火急の用がある。人の生き死にがかかっておる大事だ」

「殿は幕府大目付様の使者でもあられるのだ。今夜にも城代に会って談判せねばならぬことがあるのだ」

左衛門が番頭と女将にいった。

女将はすぐにうなずき番頭に目配せした。

「分かりました。では、番頭さん、お客様たちを、お城にご案内してください」

「畏《かしこ》まりました。では、お客様、ご案内いたします」

番頭の吉兵衛は腰を屈め、玄関先から外に出た。

外はさきほどよりも暗さを増していた。夕焼けが早池峰山の嶺嶺を赤く染めている。

外には爽やかな風が吹いていた。

文史郎たちは、吉兵衛のあとについて、城へと急いだ。

城門の門番たちは、大慌てで番小屋に駆け戻り、門番頭を呼んで来た。

左衛門は封書の表書を見せ、厳《おごそ》かに告げた。

「上意《じょうい》だ。城代宇月大善に伝えよ。幕府大目付の使者、若月丹波守清胤、改め大館文史郎、参上いたした。城代にお目通り願いたい」

門番頭は左衛門の口上《こうじょう》に仰天《ぎょうてん》し、おろおろしながらいった。

「ははあ。ただいま上司に伝えますゆえ、こちらにお入りになり、少々、お待ちくださいますようお願いいたします」

門番頭は慌てふためき、城内への坂道を駆け上がった。

「こちらにどうぞ」

門番たちは、番小屋の中に文史郎たちを案内した。

卓には酒の大徳利や飲みかけの濁酒が入った湯呑み茶碗が散らばり、転がっていた。

門番たちは慌てて茶碗などを片付けている。

最も年寄りの番士が、文史郎たちにお茶の入った湯呑み茶碗を配った。

文史郎は茶を啜りながら年寄りに尋ねた。

「噂をきいた。罪人たちが処刑されるというがほんとうか？」

「うんだす」

左衛門が訊いた。

「もう処刑は済んだのか？」

「いえ、まだだす」

文史郎は弥生と顔を見合わせた。

「間に合ったか」

「よかったあ」

弥生はほっとした顔になった。

左衛門が重ねて訊いた。

「囚人たちの中に、大門という男がおったろう？」

「さあ。おら、知んねえ。土牢に謀反を企てた連中は入れられていたけんどな」

「黒髯を生やした大男だ」

「ああ、修験の行者だな」

「うむ。その男は無事だろうな」

「さあ。分かんね」

弥生が息を詰めて訊いた。

「髯男は、いまどこの牢に入れられているというの？」

「それが……」

　年寄りはほかの番士たちと顔を見合わせた。

「こんなこといっていいだべか？」

「どういうことだ？」

「……三日前だけんど、土牢が破られたんだ」

「なに？　牢破りだと？」

「うんだ。こんなことくっちゃべっちゃいけねかもしんねえけど、牢番たちはキツネに襲われて、捕らえてあった連中、全員攫われてしまったべな」

「なに、キツネに攫われただと？」

　文史郎は弥生、左衛門と顔を見合わせた。

「では、大門は、もうここにいないと申すのか？」

「いねえべ。みんな居なくなったっていうもんな」

　年寄りは若い番士たちにいった。若い番士たちもうなずいた。

「キツネに攫われたと申したな？　キツネというのは、なんだ？」

「牢番たちによると、暗がりの中で、突然、数人の大ギツネたちに襲われたんだと。

気付いたら、牢の中はもぬけのからだったべな」

　番士たちは口々に言い出した。

「皆、キツネに騙されたんと違うか？」

「だけんどよ、城内に忍び込んで来るキツネなんぞ、これまでいなかったべなあ」

「キツネの中には雌ギツネもいたそうだべ」

「女子のキツネの声がしたっていってたな」

「そりゃ、キツネじゃあんめ。人間がキツネに化けてたんでねえか」

「シッ。静かにしろ」

　番士の一人がみんなを制した。

　すっかり暗くなった石段を大慌てで下りてくる侍たちの影が見えた。

「お待たせいたしました」

　侍たちの中で上士らしい侍が、息急き切って文史郎の前に土下座すると、肩で大きく息をした。ほかの供侍も慌てて周囲に座った。

「大目付様のご使者との由。お役目ご苦労様にございます。それがしは、物頭《ものがしら》の轟《とどろき》信吾《しんご》と申します」

　轟信吾と名乗った物頭は神妙な態度で、文史郎にいった。

「うむ。大儀だ。城代の宇月大善はおるか?」

「はい。ただいま風呂に入っておりまして、すぐに支度をしてお迎えいたします、との由でございます」

「そうか。風呂を浴びておるか。では、待たせてもらおうか」

「はい。これから皆様を座敷にご案内いたします。どうぞ、ご同行をお願いいたします」

轟信吾は神妙な顔でいった。

「うむ。案内せい」

文史郎はうなずいた。

番頭の吉兵衛が文史郎にいった。

「お客様、私はここでお待ちいたします」

左衛門が吉兵衛にいった。

「番頭さん、待たずともいい。宿は分かる。先に帰ってくれ。わしらは用事を済ませたら、すぐに戻る。メシの用意を頼む」

「畏まりました。では、失礼いたします」

吉兵衛は腰を折り、門の通用口から出て行った。

「ご案内いたします」

轟信吾と侍たちは、文史郎たちの前後を護るように挟み、石段へと案内を始めた。

番小屋からやや急な石段を上って行くと、道は城壁に突き当たり、直角に右に曲がる。さらに石段を上ると平地に出た。

立派な玄関の屋敷があった。

「こちらが三の丸でござる。城代宇月大善は、こちらに住んでおります」

庭には篝火《かがりび》が焚かれ、あたりを明るく照らしていた。すでに太陽は西に沈み、夜の気配が城内を覆いはじめている。

屋敷の玄関の式台には、迎えの供侍たちが平伏していた。

物頭轟信吾の案内で、文史郎たちは広い座敷に通された。部屋の中には、いくつもの蠟燭が点《とも》され、明るくなっている。

文史郎は、床の間を背にした上座に案内された。脇息《きょうそく》がついた席に文史郎は座った。

文史郎の両脇に左衛門と弥生が正座した。

茶坊主たちが茶を入れた湯呑み茶碗を盆に載せて運んで来た。

物頭の轟信吾が、文史郎に深々と頭を下げた。

「大目付様ご名代の若月丹波守清胤様には、遠路はるばる、遠野までお越しいただき、城代に代わり、篤く御礼申し上げます。さて、城代が参りますまで、それがしがお話のお相手をつかまつります。なんなりとお尋ねくださいませ」

「うむ。本題は宇月大善殿に尋ねる。おぬしも答えにくいであろう」

「ははあ。しかし、それがしがお答えできることであればなんなりと」

「さようか。では、おぬしに尋ねようか。我らの耳に、遠野領内に不穏な動きがあるという噂が入っておるが、それはまことか」

「いえ。そのようなことはありませぬ。誰がそのような噂を」

「そうかのう？　早池峰山麓の村村で、一揆の企てがあるときいたが」

「そのようなことはございません」

「謀反の企てをする者がいるという話をきいたが」

「笑止千万。そのような謀反人など、我が領内においては誰もおりませぬ。誰が、そのような欺瞞《ぎまん》を、大目付様のお耳に入れたのか、それこそが謀反というべきものでござろう」

　轟信吾は頭を振った。

「謀反の動きはない、と申すのだな？」

「ありませぬ」

「嘘ではないな」

「天に誓って、嘘は申しません」

「では、訊く。大門甚兵衛なる者、謀反の疑いで、こちらの牢に入れられたときくが」

「そ、そのようなことはござらぬ」

「では、大門甚兵衛は、なぜ捕まったのだ?」

「…………」

轟信吾は血相を変えたが、答えなかった。

文史郎は畳みかけた。

「早池峰神社の宮司で、早池峰村の村長源衛門が城代の役人に、やはり謀反の疑いで捕まったというが、それも嘘だと申すのか」

「それを、いずこからおききになられたのか?」

「誰からきいたかが問題ではない。源衛門は謀反を起こす恐れあり、として、役人は捕まえたのではないのか?」

「そ、それは……」

物頭の轟信吾は答えに窮した様子だった。

そのとき、廊下に人の気配があり、慌ただしく袴を穿いた身分の高そうな侍が、小姓や供侍を連れて現れた。

「お待たせいたしました。大目付様のご名代の若月丹波守清胤様、それがしが、城代の宇月大善にございます」

宇月大善は文史郎の前に膝行し、平伏した。

「うむ。いまは隠居し、若月丹波守清胤改め、大館文史郎だ。だが、大目付松平義睦様の名代であることには変わりはないぞ」

「ははあ。畏まってございます」

文史郎は懐から、松平義睦の書状を取り出した。

「これは、松平義睦様直々にお書きになられた、大門甚兵衛を直ちに釈放してほしい、とする要望書だ。さっそくに受け取られよ」

文史郎は物頭の轟信吾に書状を手渡した。轟は神妙な顔で書状を受け取り、すぐさま城代の宇月大善に手渡した。

「いま、物頭からきいた。遠野領内に一揆などの不穏な動きなし、と」

「は、さようにございます」

宇月大善は畏まっていった。

「謀反の動きもない。従って、謀反人もおらぬとな。それはまことだな」

「……は、まことにございます」

宇月大善は、やや狼狽《うろた》え、物頭の轟の顔を見た。轟が素早く膝行し、宇月大善に耳打ちした。

文史郎は、その様子を見ながらいった。

「大目付様としては、諸藩の内政にいちいち干渉するつもりはないが、藩の失政により、民が窮状に陥り、一揆など不穏な動きを起こしたり、あまつさえ、幕府のご政道に逆らうような謀反があれば、幕府として断じて放置しておけず、事案を慎重に監査し、場合によっては、幕府の命《めい》で改易《かいえき》や転封《てんぽう》などを行なう所存である。そのこと、城代も、しかと存じておるだろうな」

「ははあ。存じております」

「遠野南部領主南部済勝殿も心配しておる。そこもとが済勝殿の了承を受けずして、勝手に藩政を行なっているとは思わぬが、もし、万が一、勝手に藩政を私《わたくし》していた場合は、大目付様として看過できぬということも分かっておろうな」

「ははあ。畏れ入ります。そのような藩政を私するようなことは、決していたしません」

「幕府大目付様に対して、つまり、名代のそれがしに対して、嘘や虚偽の申し立てをしたら、後日、どのような処罰があるかも、よく心得ておろうな」

「ははあ。決して嘘や虚偽を申し立てることはございません。天と地に誓って」

文史郎は左衛門と顔を見合わせた。左衛門は知らぬ顔をしていた。弥生は笑いを噛み殺している。

宇月大善は、要望書に目を通し、大きくうなずいた。それから、要望書を轟信吾に渡した。物頭の轟は要望書を押し戴き、目を通した。

文史郎はわざと険しい顔を作っていった。

「ならば尋ねる。その要望書にある大門甚兵衛はなにか、謀反を起こそうとしたのか？」

「いえ。そのような……」

「謀反を起こそうとしたということであれば、大目付様としては、領主済勝殿を厳しく問い質すことになろうが」

「いえ。謀反などとんでもありません」

「では、なんだと申すのだ？」

「取り調べた結果、大門甚兵衛はなんら謀反に関わりがなかったということで、すでに釈放いたしております」

「ほう、さようか」

文史郎は左衛門と顔を見合わせた。左衛門は頭を左右に振った。それ以上、追及しない方がいい、という顔をしている。

「では、村長の源衛門については、どうか？　源衛門は、なにか一揆や反乱を起こす企てをしていたというのか？」

「いえ。源衛門についても、無罪と分かり、すでに釈放してあるはずでござる」

「ほう。さようか。それがしの耳には、ちと物騒な牢破りの噂が入っているが、それは間違いだと申すのか？」

宇月大善は顔色を変えた。

「は、少々お待ちを」

宇月は物頭の轟を呼び寄せ、何ごとかを話し合った。やがて、宇月は文史郎にいった。

「申し上げます。牢破りなどございません。それがしのところには、捕らえてあった者たちすべての容疑が晴れたので、すでに釈放したという報告が入っておりました。

すでに、その者たち、全員は無罪放免にしてございます」

「大門甚兵衛も村長の源衛門も無罪だというのだな」

「さようにございます。もう一人についても、容疑不十分ということで釈放しました」

「大門、源衛門以外に、もう一人いたのか」

「は、はい。その男については御存知なかった?」

「その男の名は?」

宇月大善は物頭を見た。物頭の轟信吾が代わって答えた。

「名前は分かりませんでした。いくら責めても白状しなかったのでございます」

「ほう。その名無しの男の容疑はなんだというのだ?」

「盗賊かと思い、捕らえて尋問したのですが、口がきけないのか、まったく答えないので、結局容疑不十分ということで、源衛門たちといっしょに釈放いたしました」

「では、あらためて訊く。大門、源衛門の容疑は晴れたのだな」

「はい。一応」

「再度、同じ容疑で捕らえることはないな」

「はい。ございません。悪事を働かない限り」

宇月大善は渋々と答えた。

「大門と源衛門は、いまどこに居る？」

「さあ。釈放したあとのことまでは分かりかねます。おそらく早池峰山の里に戻ったのではないかと思います」

文史郎はうなずいた。

「そうか、一応これで分かった。ところで、江戸から筆頭家老の加藤竹然《かとうちくねん》が在所の遠野に戻ったときいたが、何かあったのか？」

宇月大善はぎょっとした顔で轟信吾と顔を見合わせた。

「いや、何もありません。加藤竹然は、家族に不幸があり、法事のため、急遽在所に戻っただけでございます」

「さようか」

「江戸で何か噂が？」

「ま、よかろう。その話は、きかなかったこととしよう」

文史郎はわざと相手を不安にさせる物言いをして終えた。

宇月大善はじろりと文史郎を見つめた。

「では、城代、邪魔をしたな。我々は引き揚げよう」

　文史郎は刀を手に立ち上がった。

「ご名代様、どちらにお泊りでございますか？」

「鹿野屋だ」

「そうでございますか。もし、よろしかったら、城内にご滞在期間中、部屋をご用意しますが」

「それでは、おぬしも落ち着かぬだろう。遠慮をしておこう」

　文史郎は笑い、廊下に歩み出て行った。弥生と左衛門があとに従った。

　歩きながら、文史郎はふと襟首に強い視線があたるのを感じた。敵意が籠もっている。

　さりげなく振り返った。柱の陰に急いで隠れる人影があった。白装束の行者姿をした男だった。

「爺、見たか」

「はい。庭の植木の陰にも、一人」

「文史郎様、石段を上るときに、すでにあの者たちが、それがしたちを見張っていました」

　弥生が囁いた。

「何者かのう？」

「少なくても、味方ではありませんな」

左衛門がにやっと笑った。

五

「大門様」

巫女のサヨの声がきこえた。大門ははっとして目を覚ました。いつの間にか寝床に入っていた。

温泉から上がり、美味なる夕餉を摂り、転寝《うたたね》したところまでは記憶している。だが、その後の記憶が欠落していた。

ほんの少しの時間しか経っていないはずなのだが、長い時間が過ぎたような気もする。

「お目覚めになりました。大門様にお礼を申し上げたいそうです」

誰が、という言葉を飲み込んだ。牢でいっしょだった瀕死の男に違いない。

緋色の袴を穿いた巫女姿のサヨが目の前に座っていた。その後ろに、おかっぱ頭の幼女が一人、座って大門に笑顔を向けている。

「ご案内します。どうぞ」

「うむ」

大門は顎髯を撫で、立ち上がった。ふと見ると居たはずの幼女の姿が消えていた。

そうか。座敷童子《ざしきわらし》か？

大門はほっと温かい気持ちになった。座敷童子は、幸せの妖精だ。座敷童子の居る家は、幸福に包まれた家の証《あかし》だ。

廊下に出ると、昨日と違う景色が目に入った。欄干から見えるのは、山間の渓流で、滝が落ちる様が見える。

昨日、滝は見えただろうか？　いや、見えたのは早池峰山の嶺嶺だった。

では、いつの間にか、昨日とは違う部屋に寝ていたということか。

温泉に下りる長い階段もなかった。あるのは霧がかかったブナ林だった。

いったい、ここはどこなのだ？

大門はキツネにつままれた気分だった。

「こちらでございます」

サヨは座り、障子戸を開いた。

八畳間ほどの部屋に蒲団が敷かれており、そこに見覚えのある男が座っていた。

「大門様、その節は、たいへんにお世話になりました」

「何をいう。拙者の方が世話になったではないか」

男はこざっぱりとした小袖を着、髪を頭の上で紐で結い、髷にしただけだったが、見るからに武士の風貌だった。

「やはり、おぬし、武士だったか。只者ではない、と思ったが」

「おかげさまで、命を長らえました。これは大門様に介抱していただいたおかげです。あの励ましがなかったら、それがし、あの世に旅立っていたでしょう」

「それは、お互い様だ。しかし、おぬし、傷は癒えたのか？」

「はい。それが不思議なことに、この数日の間に、見る見るうちに傷が消えてしまいました。あの温泉に入ったせいかもしれませぬ。よほどの薬効がある湯でございますな」

「そうか。おぬし、あの温泉の湯治で治ったと申すのか」

「ほかに、サヨ殿が煎じてくれた薬草の汁が効いたものと」

男はサヨに目を向けた。

「お薬を煎じたのは、権現様です。私ではありませぬ」

「さようか。権現様が処方なさったのか」

「はい。権現様は、万病をお治しになるお力を持っておられます」

　サヨは微笑んだ。

「では、お二人、お話がございましょうから、サヨは下がらせていただきます」

　サヨはそういい、廊下に出て行った。

　開け放った障子戸の間から、爽やかな風が入ってくる。小鳥の囀りもきこえた。

「おぬし、名前はなんと申される？」

「それがし、名を秘さねばならぬ身にございます」

「なに、名を秘すというのか。なぜに？」

　大門は尋ねながら、頭の中に、細作《さいさく》という言葉が浮かんだ。

「そうか。おぬし、忍びだったのか」

「はい」

「どの藩の？」

「どの藩でもありませぬ」

「では、公儀隠密？」

「命の恩人である大門様に嘘をつくことはできません」

「よい。いえぬことはいわないでいい。それがし、きいても仕方がない」

「では、名前だけでも」

「よいのか？」

「はい。田佐衛門と申します。姓は猿島、名が田佐衛門にございます」

「さようか」

「親しい者は、サルと呼びます。忍びに相応《ふさわ》しい名でしょう？」

「そうか。サルか」

「どうか、サルと呼んでください」

「分かった。そうさせてもらおう。公儀と申すと、頭《かしら》は、もしかして松平義睦殿ではないか？」

田佐衛門は驚いた顔になった。

「よく御存知で」

「それがしの友で、殿様の文史郎の兄上にあたる御方だ。それがしも、何度か大目付の松平義睦邸にお邪魔している。そうか、おぬしは大目付様の忍びということか」

「さようでござる」

「ここで何を探っておったのだ？」

「大門殿は、御存知か？　遠野に金が出るということを」

　田佐衛門はさらりといった。

「いや。存ぜぬ」

「その金山をめぐり、さまざまな輩が暗闘をしておるのです。その実態を調べて、大目付様に報告するのが、それがしの務めにございました」

「遠野のどこに金山があるというのだ？」

「それが、まだ不明なのです」

「不明なのに、あると分かっているのか？」

「はい。それがしの手の山師が遠野各地に調べに入っていました。その者が殺される直前にそれがしにくれた砂金があります」

「殺された？」

「はい。金山を独り占めしようとする徒輩にです」

「その金山のありかを調べるのも、おぬしの役割か？」

「はい」

「それで、どのような徒輩が暗躍しているというのだ？」

「役末角を名乗る大和修験者一味が、遠野領の城代宇月一味と結託し、さらに幕府の公儀を名乗る大原信之介《おおはらしんのすけ》なる男でござる」

「なに幕府の公儀もかかわっておるのか?」

「はたして本物かどうかは分らんのです。公儀隠密は通常名乗ることはござらぬ。またほんとうに公儀なら、遠野のどこに金山があるのかを幕府に報告するはず。それがないのでござる」

「大原はどうして報告しないのだ?」

「おそらく城代たちと結託し、私腹を肥やさんとしているのではないかと」

「私利私欲のためか。けしからんな」

「いずれ大目付様に大原のことを告発しようと思っております。もし本物の公儀隠密ならまったく風上にもおけぬやつ」

田佐衛門は吐き捨てるようにいった。

これは、奥が深い話になる、と大門は思うのだった。

どこかで、ケーンという鋭い、鹿の鳴き声がきこえた。

第三話　河童《かっぱ》が出た

一

文史郎と左衛門が湯から上がり、部屋に戻ると夕餉の膳が三つ並んでいた。

すでに弥生は浴衣姿となって、長い髪を解き、肩に流していた。弥生は膝を崩し、女将と親しげに話し込んでいる。

行灯の仄かな明かりの中で、やや年増の女将津留と弥生は、浮世絵から抜け出して来たかのような美女を思わせた。

文史郎は一瞬、二人から視線を外した。そのまま見惚れてしまいそうだったからだ。

「お帰りなさいませ」

女将と弥生はしどけなく崩していた膝を揃え、正座して文史郎と左衛門を迎えた。

津留が優しく微笑んだ。

「いかがでしたか、野天《のてん》風呂は？」

「うむ。星がきれいだった。遠野の夜空の星は格別だ。江戸の空よりも星の数が多い」

「さようでござるな。手を延ばせば、星が取れるようでもござった」

左衛門も感じ入った様子でいった。

「それはようございました。いかがいたしますか？　すぐにご飯になさいますか？　それとも御酒《ごしゅ》を召し上がりますか？」

「酒にしよう。いい地酒があるときいた」

「ございます。ただいま、用意させましょう」

女将はそそくさと立ち、階段を下りて行った。

「文史郎様、お津留さんから、いろいろお話をおききしました。鍋倉城の最近の様子について、内緒の話を教えてくれました」

弥生が小声でいった。

「そうか。それはよかった」

文史郎は膳の一つについて座った。向かいの膳に左衛門が座る。弥生は文史郎の右隣の膳に座っている。

「で、女将はなんと申しておった？」

「この半年ほど前から、城に修験の行者たちが大勢、頻繁に出入りしているとのことです」

「ほう。その行者とは何者だというのだ？」

「大和から来ている修験者たちで、いまは六角牛山の宮を占拠し、そこを根城にして、遠野郷のあちこちを動き回っているとのことなのです」

「六角牛山を根城にしている？　早池峰山ではないのか？」

「早池峰山の修験者と、大和から来た修験者は争っているとのこと。大和修験者は、早池峰修験者たちを早池峰山から追い出したいらしいのです」

「ほほう」

「詳しい話は、番頭の吉兵衛が知っているそうです」

「うむ。番頭を呼ぼう。ぜひ、番頭から話をきこうではないか」

「はい。では、女将が戻りましてから」

文史郎は左衛門に訊いた。

「ところで、爺、城の外まで尾《つ》けて来る様子はあったか？」

「いえ。気付きませんでした。用心しましたが、怪しい影はなかったと思います」

「弥生は？」

「はい。私も特に気付きませんでした」

「確かに城内で我らを見張っていたのは、行者だった。あれが大和修験者なのだろうのう」

「おそらく。それにしても、敵意のある気でござりましたな」

左衛門が声をひそめた。

「うむ」

廊下の階段を上る足音が響いた。女中たちが、膳に料理の皿や酒徳利を載せて運んで来た。後ろから女将が上がって来る。

「はーい、お待ちどうさん」

「腹減ったべな」

「うまい料理だかんな。いっぱい食ってくんろ」

女中たちは口々にいいながら、それぞれの膳に、料理の皿や徳利、ぐい呑み、漆塗りの箸などを並べた。

時ならぬ宴会が始まった。女中たちは、いずれも遠野のおぼこ娘で、言葉の訛りは強いが気のいい娘たちだった。

女中たちは酒が入ると、ますます陽気に騒ぎ、手拍子足拍子を打ちながら、文史郎たちに遠野音頭や馬搬《ばはん》の馬追唄を歌ってきかせてくれた。

宴会の騒ぎの最中、女将が文史郎に徳利の酒を注ぎながら、小声で囁いた。

「弥生様からおききしました。文史郎様は、大目付様の密使とのことでございますね」

「密使ということではないが、兄者から直々に頼まれたことがある」

「兄者？」

「大目付は、それがしの実の兄だ」

「それをおききして安堵いたしました。実は、お伝えしたいことがあります」

「ほう。何についてだ？」

「公儀の方の消息でございます」

女将はちらりとあたりに目を配り、きいている人がいないのを確かめた。

「女将、兄上から受けた密命は、その公儀隠密の消息を調べることだった。おぬし、消息を存じておるのか？」

「はい。その公儀の方は、城代たちに捕まり、地下牢に囚われていました」

女将は女中たちにもきかれぬよう、さらに声を低めた。

「女将、なぜ、おぬしがそんなことを知っておるのだ？」

「それは……お尋ねにならないでくださいませ」

女将は謎めいた笑みを浮かべた。

「いえぬ事情があるのだな」

「はい」

女将は小さくうなずいた。

弥生がこちらを気にして見ているのに気付いた。

文史郎は、心配するな、と弥生に目配せした。

「あとで皆が寝静まってから、こちらへ吉兵衛が伺います」

「うむ。分かった」

女将は今度は普通の声でいった。

「それから、こちらに、ご家老の加藤竹然様がお泊りなのを御存知ですか？」

「江戸の家老が急遽、在所に戻ったとはきいていたが、その家老が、ここに泊まっておるというのか？」

「はい」

「なぜ、城内に泊まらず、宿をこちらにしているのだ？」

「お話を伺いますと、ご実家で法事があるので、近くの宿がいい、ということでした。それは建前でしょう」

「ほんとうの理由は？」

「城内では、城代宇月大善様の部下や行者たちの監視がきつく、人に話もきけないと嘆いていました」

「ほほう。城代の宇月大善との仲は、あまりよくないのか？」

「よくないようです。ご家老様は城代の宇月大善様の越権行為があるのではないのか、というお調べに帰郷なさっておられるのですが、宇月大善様のことを恐れてか、誰もほんとうのことを話さないと嘆いておられました」

「加藤竹然殿は同じこの二階の部屋に泊まっておるのか？」

「いえ。この本館とは別棟になっている離れです。江戸からお連れした警護の方もごいっしょです。かなりご用心なさっておられます」

「さようか。できれば、それがしも一度家老に会って話がしたいのだが」

「分かりました。加藤竹然様に、それとなくお伝えしましょう」

「うむ。頼む」

「さあさ、内緒事はこれでおしまい。もう一杯いかがです」

女将は徳利を差し出した。文史郎はぐい呑みで酒を受けた。

「女将は、遠野の出ではないな？」

「いえ、こちらの在の出ですよ」

「言葉が江戸弁ではないか。みちのくの訛りがない」

「いいえ。ぬしさま、わちきは遠野生まれでありんす」

女将はにこっと笑い、手を頭の髪にあて、科《しな》を作って流し目した。

「…………」

文史郎は驚いてぐい呑みを口に運んだ手を止めた。

「あんら、おら、そんなに訛ってねえべか？　そんなことなかんべな」

文史郎は、さらに目を丸くした。

「お殿様、おんなは魔物ですよ。相手によって、いかようにも変われますもん」

弥生が鼻を膨らませて、睨んでいるのに気付いた。

「はいはい。お滝《たき》さん、交替交替。お殿様にお酒を注いでさしあげて」

女将は文史郎に笑いながら、立ち上がり、今度は左衛門の傍に移って酌をした。さすがの左衛門もにやけている。

弥生がほっとした顔で文史郎に笑った。

「さあさ、こんだあ、おらが相手だべ」

お滝と呼ばれたおぼこ娘が徳利を文史郎に差し出した。丸いたぬき顔の娘は、鼻の上に汗をかいていた。

二

宴会が終わり、夜が更けるにつれて、宿は寝静まった。

文史郎は寝床に入り、うたた寝していた。酔いもあって、心地よい微睡《まどろ》みだった。

廊下の行灯《あんどん》の仄《ほの》かな明かりが、障子戸を通して部屋をほんのり明るくしている。

真夜中も過ぎたころ、廊下に忍び足の音がして、障子戸の外から男の声がした。

「もし、お殿様、起きておられますか？」

傍らに寝ていた左衛門が無言のまま、寝床から起き上がり、障子戸を開けた。

廊下の隅に置かれた行灯の明かりが、蹲《うずくま》った男の黒い影を浮かび上がらせた。

番頭の吉兵衛だった。

「入れ」

左衛門が廊下の左右を窺い、低い声でいった。

「遅くなりました。御免なすって」

吉兵衛は忍び足で部屋に入り、障子戸を閉めた。

文史郎は起き上がり、蒲団を二つ折りにして畳んだ。蒲団を背に胡坐をかいた。

隣の部屋との間の襖が音もなく開いて、弥生の影が部屋に入って来た。

文史郎の前に吉兵衛は座った。弥生と左衛門が左右から吉兵衛を挟むように座った。

「お殿様は、大目付松平義睦様の弟君との由。松平様から密命を受けているともおききしました。ほんとうでございますか?」

吉兵衛が低い声でいった。

「うむ。こちらで公儀の者の消息が分からなくなった。それを調べてほしい、とな」

「分かりました。それをきいて安心しました」

「女将からきいた。公儀の者が城の地下牢に囚われているそうだな」

「囚われていました。ですが、私どもが救い出しました。いまは無事に匿ってもらっています」

「なに、おぬしたちが救け出したというのか」

「はい」

文史郎は左衛門や弥生と顔を見合わせた。

門番たちの話では、キツネたちに襲われて牢を破られた、といっていた。

「おぬしたちが牢を破ったキツネなのか？」

「はい。わたしたちがキツネに化けて、ヒトを誑《たぶら》かしたのです」

吉兵衛は静かに笑った。

文史郎は吉兵衛の影を見据えた。

「吉兵衛、おぬしは、いったい何者なのだ？」

「公儀隠密の配下とお思いください」

「そうか。おぬしたちが草か」

「…………」

吉兵衛は答えなかった。

「分かった。それで田佐衛門は無事なのだな？」

文史郎は公儀隠密の名をずばりといった。吉兵衛は動じなかった。

「はい。田佐衛門様はご無事です。酷《ひど》い責め苦を受け、瀕死の身でしたが、いま隠れ家で療養しております」

「その隠れ家はどこにある？」

「早池峰の山麓です」

「そうか。無事か。連絡は取れるのだな」

「はい。いつでも。それから、大門様も村長の源衛門様もご無事です」

「そうか。大門も源衛門殿も、おぬしたちが救け出してくれたのか」

「よかった。大門様はご無事なのね」

弥生が思わず声を出した。

左衛門が訊いた。

「大門も、その隠れ家におるのか？」

「はい」

弥生が尋ねた。

「大門様はお元気ですか？」

「やはり城で酷い責め苦を受けたご様子ですが、その隠れ家で養生しておられます」

文史郎が訝った。

「その隠れ家は、誰の家なのだ？」

「権現様のお屋敷です」

「権現様？」

「はい。早池峰行者の長にございます」

文史郎は左衛門と顔を見合わせた。

「早池峰行者と六角牛山にいる行者とは、かなり仲が悪いそうだな？　六角牛山の行者たちは遠野から早池峰行者を追い出そうとしているときいたが」

「はい。その通りです」

「いったい、遠野の修験の世界は、どうなっているのだ？」

「そもそもは、六角牛山に入り込んだ大和修験者たちが悪いのです」

吉兵衛は静かな口調で、遠野をめぐる修験者たちの争いを話し出した。

その大和修験者たちの長は、役末角という行者で、もともとは熊野吉野の修験者だったこと。

役末角は役小角の末裔を僭称《せんしょう》し、遠野修験の長になろうという野望を抱いていること。

そのため、昔から早池峰修験者の長である権現様を遠野の地から追放し、役末角が権現様を名乗ろうとしていること。

などなど、吉兵衛は縷々《るる》文史郎たちに話してきかせた。

「しかも、恐ろしいのは、役末角が陽炎剣なる秘太刀を遣うことです」

「陽炎剣？　それは、どのような剣なのだ？」

「わたしは見たことはありませんが、見た者の話では、名の通り、突如陽炎が燃え立ち、役末角の姿がその中に揺らめき消えるらしいのです」

「うむ。それで」

「相手が一瞬、役末角の姿を見失ったとき、どこからとも分からず剣が相手を襲う。それで、対戦相手は斬られてしまう、ということらしいのです」

「ほう。陽炎に消えるか」

「人を幻惑して斬る。まやかしの剣でござるな」

左衛門が吐き捨てた。

文史郎は訊いた。

「吉兵衛、おぬし、その話を誰からきいたのだ？」

「剣術修行の武芸者が投宿した折、おききした話です。その武芸者は大和の吉野山で、役末角が立ち合うのを見たと申してました」

「さようか」

「それを田佐衛門様に、お伝えしたのが間違いでした」

「どうして間違いだというのだ？」

「田佐衛門様は、早速六角牛山に出かけ、役末角を探りまわったらしいのです。それで役末角と立ち合い、打ち負かされて捕まり、役人に突き出された。田佐衛門様も剣の達人です。相手が役末角であれ、そう簡単に打ち負かされる御方ではない。まして、なまくらな役人に捕まるわけがない。それで、一時、行方知れずになり、私どもが調べて、ようやく城の地下牢に囚われているのが分かった次第でした」

「なるほど。そういうことだったか」

文史郎は唸った。

吉兵衛は続けた。

「話を戻しますと、そうしたなかで、役末角は村長源衛門の娘繭美を拉致して人質に取って、早池峰修験者たちの追い出しを企てたのでございます」

左衛門が首を傾げた。

「変ではないか？　源衛門は宮司で村長ではあるけど、早池峰修験者の長ではない。いくら、早池峰修験者たちを追放しろ、といっても、源衛門にはそんな力はない。早池峰修験者の長である権現様を脅すならともかく……」

弥生が口を挟んだ。

「村長の源衛門殿が、その要求を拒んだら、今度は、一揆を起こせと言い出したでしよ？　役末角は、なぜ、そんな要求に切り替えたのでしょうね？」

「ううむ」

文史郎は腕組をした。

吉兵衛が何かいいたげに身動《みじろ》いだ。

「おぬし、どう見ている？」

「大和修験者の役末角は、この遠野の地に騒乱を起こしたいのでしょう。役末角は、地元に一揆を起こさせようとしているが、一方で城代の宇月大善たちと結託しているのです。おそらく役末角は、俗界では、遠野の村人たちに一揆を起こさせ、城代に藩兵を出させて鎮圧させる。他方で修験の世界でも、早池峰修験の権現様を追い出し、自らが権現様になる。そうやって役末角は城代と連携して、神界俗界、どちらにおいても遠野を支配しようというのではないか、と思います。つまり、遠野の地を、吉野のような大和修験の聖地にしたい。そういう野望を抱いていると思います」

「なるほど。そういうことか」

文史郎は腕組をして唸った。左衛門がまた口を出した。

「それで役末角や城代は、遠野の実権を握ったとして、いったいなんの得があるのでござろうな？」

文史郎は笑いながらいった。

「ははは。爺、人間は支配欲というものがあるんだ。損得だけで、人間は動くものではないぞ」

「それは分かるのですが。どうも、まだウラがありそうな気がしてなりませんな」

左衛門は首を傾げた。

吉兵衛がうなずいた。

「左衛門様、まだウラがあります」

「やはり。どんなウラがあるというのだ？」

「大和修験者や城代の宇月大善の背後に、どうやら幕府が一枚嚙んでいるらしいのです」

「なんだと？　幕府がだと？」

文史郎は左衛門と顔を見合わせた。

「兄者から、そんな話はきいていないが」

「だから、申し上げにくいのですが、城代の宇月大善は、しばしば幕府役人と会い、何ごとかを相談しているのです。田佐衛門様は、それも探っておられた」

「幕府役人といっても、いろいろいるが、誰なのか、分かるか？」

「田佐衛門様なら、御存知かと」

「幕府の役人は、いったい、何を考えておるのかな？」

「田佐衛門様は、幕府役人の狙いは、遠野のどこかに眠る金山だろう、とおっしゃっていたのですが」

「遠野の金山だと？　……」

文史郎がいいかけたとき、どこかで騒ぐ声が起こった。

三

「出合え、出合え。曲者《くせもの》だあ」

「出合え。出合え」

裏手の方から男たちの怒声や女の悲鳴がきこえた。

番頭の吉兵衛が立ち上がった。

「離れだ。加藤竹然様が危ない。御免なすって」

吉兵衛はいきなり身を翻《ひるがえ》すと、障子戸を引き開け、廊下に飛び出した。

「爺、行くぞ」

文史郎は床の間の大刀を鷲摑《わしづか》みにし、浴衣の裾を翻して、吉兵衛のあとを追った。

左衛門も刀に飛び付き、文史郎のあとに続いた。

「文史郎様、それがしも行きます」

弥生は急いで部屋に戻り、身仕度を整え、文史郎と左衛門のあとを追った。

文史郎は薄暗い階段を三段跳びで駆け下りた。

一階の薄暗い廊下では、番頭や女中、下男下女たちが、何ごとが起こったのか、とうろうろしている。

「出合え出合え」

文史郎は、その怒声を目指して、暗い廊下を駆けた。

廊下は台所を越え、裏口に通じている。その裏口の戸は開け放たれ、外で激しく斬り合う気配がする。

文史郎は裏口から外に飛び出した。

月明かりの下、渡り廊下が見えた。渡り廊下は別棟の離れに通じている。

その渡り廊下で、数人の人影が斬り結んでいた。刀が月光に映えてきらめくのが見える。

「家老は、どこにいる？　加勢いたす。家来衆、家老はどこだ？」

文史郎は大声で叫びながら、斬り合う人影の中に飛び込んだ。

「御家老は部屋におられる」

家来衆の一人が、斬られた腹を押さえながら叫ぶようにいった。

突然、数人の黒装束姿の影法師が文史郎の前に立ち塞がった。

いずれも抜刀し、文史郎の行く手を阻んでいる。

「退け。退かねば、斬る」

文史郎は大刀を抜いた。刀の峰をくるりと返した。

無闇には、人を斬りたくない。

背後から左衛門が駆け付けた。

「殿、ここは、爺に任せてくだされ」

「よし。頼んだぞ」

文史郎は刀を一閃《いっせん》させ、正面の影法師に斬り込んだ。峰打ちだ。

一人を打ち倒し、その影法師を飛び越えて、離れの部屋に走り込む。

離れには奥の寝所と手前の控えの間があった。数人の人影が暗がりの中で斬り合っている。

「出合え出合え。家老はどこにいる？」

文史郎は怒鳴りながら、斬りかかって来た黒装束の一人の胴を払った。黒装束は悲鳴も上げず、床に転がった。

「それがしは、大館文史郎だ。家老の加藤竹然殿、お助けいたす。どこにいる？」

正面と右から、同時に斬りかかった黒装束を、一人は胴を払い、いま一人は腕を刀で叩き下ろした。二人の黒装束は悲鳴を上げて、蹲ったり倒れたりした。

寝所に走り込むと、すでに斬り合いは終わっていた。何人かが庭に転がり出て、庭で斬り合いが行なわれている。

「御家来衆、それがし、大館文史郎。加勢に参った。竹然殿はどこにいる？」

池の裏手の築山で、二人の影がもつれ合っていた。

「……御家老はここ、ここにいる」

一人の侍が足許に倒れた人影を庇うように刀を構えていた。

「おのれ。拙者が相手だ」

文史郎は、池の飛び石を跳び、築山《つきやま》に躍り出た。刀を構えて立ち塞がろうとした影を一刀のもとに叩きのめす。

文史郎は二人の侍の許に駆け寄った。

「竹然殿は？」

「こちらが御家老でござる」

倒れた侍を庇《かば》っていた若侍は、後ろに倒れている侍に顎《あご》をしゃくった。若侍も腕や肩を斬られ、刀を構えているのがやっとの状態だった。

後ろに倒れていた初老の侍は、胸や肩を斬られて青息吐息だった。

「おのれ」

文史郎は、また斬りかかった黒装束を刀を一閃させて薙《な》ぎ払い、池に落とした。

「竹然！　しっかりしろ。傷は浅い。死ぬな」

文史郎は、手負いの二人を背に庇い、三方から囲む黒装束たちに対峙《たいじ》した。

「仕方がない。これからは斬る」

文史郎は、刀の峰をくるりと返して戻した。

月明かりに照らされ、黒装束たちの姿が浮かんだ。いずれも烏天狗《からすてんぐ》の面を被っている。

殺気が文史郎に押し寄せて来た。

文史郎は、目を半眼にし、刀を右下段に引いて、烏天狗たちの動きを見て取った。

右手の石の上の烏天狗が身動いだ。同時に正面の烏天狗も動く。左手の築山の木立の陰からも一人。

文史郎は、一瞬、右手に跳び、烏天狗を下から斬り上げた。

そのまま正面の烏天狗に跳び、上段から斬り下ろす。右から飛び込んできた烏天狗の刀を、軀を回転させて躱し、胴を薙ぎ払う。

文史郎は一瞬で三人を斬り倒し、刀の背を叩いて血を払い落とした。おもむろに刀を上げて八相に構え、残心《ざんしん》した。

残った烏天狗たちは、凍り付いた。

「さあ、どこからでもいい。かかって来られよ」

文史郎は再び刀を右下段に構える。

烏天狗たちの間に動揺が走った。誰の目にも文史郎の腕が並みのものではないと分かったのだ。

そのとき、屋根の上から、声がした。

「皆、待て。そやつは、それがしが相手いたす」

屋根の上に、月明かりに照らされた白装束の行者が立っていた。

手には錫杖《しやくじよう》ではなく、木製の杖が握られている。

行者は全身から強烈な殺気を放っていた。

出来る。

文史郎は新たな敵の出現に、緊張した。

頭に小さな兜巾《ときん》を付け、白の法衣姿だった。

月明かりの中の行者は、若い顔立ちをしていた。身のこなしも、きびきびとしている。

若い行者は見下ろし、文史郎に質《ただ》した。

「おまえは何者だ?」

文史郎は静かに答えた。

「他人に名を尋ねるときには、まず自分が先に名乗るものだぞ」

若い行者は鼻で笑った。

「役末角様の前鬼《ぜんき》を務める玄魔《げんま》。おまえは?」

「江戸の相談人大館文史郎。おぬしは、役末角の一の子分か?」

「子分にあらず。一番弟子とでもいってほしいな。それにしても、大館文史郎とやら、なぜ、我らの邪魔をする?」

「その前に訊く。なぜ、家老の竹然を亡き者にしようとする?」

「我らの邪魔をするからだ。おまえも、どうやら、その一人らしいが」

「なんの邪魔だというのだ?」

玄魔は嘲《せせ》ら笑った。

「問答無用。皆、手を出すな。おれがこいつを仕留める」

玄魔と名乗った若い行者は、杖から刀を抜いた。仕込み杖だ。

玄魔の軀が月影に見る見る揺らめきはじめた。

「玄魔。陽炎剣か？」

玄魔は無言だった。

「ならば、来い」

文史郎は刀を右下段後方に引いた。刀の刃を返す。

秘剣引き潮の構え。

波がぎりぎりまで引き、波濤がゆっくりと盛り上がる。頂点まで盛り上がった波の頭が割れて崩れ、一気に岩場に押し寄せて打ちかかる。岩をも砕く必殺の一撃だ。

文史郎は半眼で玄魔の姿を窺い、待った。

玄魔の刀は上段に掲げられ、月夜だというのに、めらめらと炎に包まれて燃え上がる。

はっとするほど美しい炎だった。

思わず文史郎は陽炎のように燃え立つ剣と、それを構える玄魔が一体となる姿に見とれた。軀が金縛りになったように動かない。

そうか。陽炎剣は幻魔剣か。人を幻惑するまやかしの剣か。

文史郎は目を閉じた。見かけに惑わされぬ心眼《しんがん》を開いた。見える！

陽炎の中に、玄魔の立ち姿がくっきりと見えた。

玄魔の軀が宙に飛んだ。

「きええーい」

裂帛《れっぱく》の気合いがあたりの空気を震わせた。

白装束の玄魔が宙を飛び、剣を文史郎に振り下ろした。

文史郎は逃げず、下段後方から、刀で一気に斬り上げた。

玄魔は飛び降りながら、咄嗟《とっさ》に文史郎の刀を躱《かわ》そうと身を捩《よじ》った。

だが、一瞬早く、文史郎の刀が玄魔の片腕を斬り裂いた。同時に玄魔の刀が文史郎の左腕を斬り下ろしていた。

文史郎は左腕に鋭い痛みを感じた。鮮血が噴き出し、文史郎の顔にあたった。

文史郎は刀を右手に持ち替え、片手八相に構えた。

顔に浴びた鮮血は玄魔の血だった。

玄魔は池の端に肩を押さえて蹲っていた。

鮮血が白い法衣をみるみるうちに黒く染めていく。刀を握った片腕は切り離されて池に落ち、池の水も血に染まり出している。

文史郎は残心した。

玄魔は、刀を文史郎に斬り下ろすとき、相討ちを避けて一瞬身を捩った。その分、刀がずれて、文史郎の腕の皮膚を浅く切っただけで落ちた。

文史郎はひやりとした。

玄魔は苦しそうに歯を食いしばっている。烏天狗たちが駆け寄り、玄魔を抱え起こした。

「おのれ、大館文史郎。それがしの負けだ。だが、陽炎剣が敗《やぶ》れたにあらず。それがしが未熟だっただけだ。この仇、お師匠様が晴らす」

大勢の烏天狗が群がり、玄魔を抱えて、引き揚げはじめた。

「おい、忘れ物だ」

文史郎は池の中の片腕を刀で差した。

烏天狗の一人が玄魔の片腕を引き揚げた。まだ刀を握っている。烏天狗は、刀を握ったままの腕を抱えて、仲間たちを追って行った。

渡り廊下を駆ける足音がした。

「殿、大丈夫でござるか。烏天狗たち、続々引き揚げて行きますぞ」

左衛門の声が響いた。ついで弥生の声が飛んだ。

「文史郎様、ご無事ですか」

その間にも、烏天狗たちは裏木戸から続々と引き揚げて行く。

やがて、烏天狗たちの群れは庭から跡形もなく消え去った。

代わって、どこからか高らかに呼子《よぶこ》が鳴りだした。呼応するようにあちらこちらで呼子が吹き鳴らされる。

弥生が文史郎に駆け寄った。

「文史郎様、大丈夫ですか。お怪我をなさっているではないですか」

「深手ではない。止血すれば大丈夫だ」

文史郎は刀を地面に突き立て、左腕の切傷を手で押さえた。押さえても押さえても、血が溢れ出る。

弥生が浴衣の袖を引き千切り、文史郎の腕をぐるぐる巻きにして、止血した。上腕の付け根あたりを、刀の下緒《さげお》で堅く縛った。

「それがしのことより、家老を」

文史郎は若侍と折り重なるように倒れている加藤竹然に歩み寄った。左衛門が若侍を起こして、手当てを始めた。

文史郎は加藤竹然に屈み込んだ。

「加藤竹然殿だな」

加藤竹然は虚ろな目で文史郎を見るともなく見ている。

死相が現れていた。もう長くはない。

「竹然、最期に言い残すことはないか？」

「…………」

竹然は喉をぜいぜいいわせて唸った。

「なんだ？　何をいいたい？」

「……かっぱを」

「かっぱを、どうした？」

文史郎は竹然の口元に耳を近付けた。

竹然は呻くように、言葉を発した。そして、がっくりと頭《こうべ》を垂れた。

「なんといっていたのです？」

弥生が文史郎に訊いた。

「よく聞き取れなかった」

暗がりから吉兵衛がぬっと現れ、文史郎に駆け寄った。

「お殿様、よくぞご無事で」

女将の津留も顔を揃えていた。

「よくもまあ生きていなさった」

津留はその場に座り込んだ。

左衛門が津留にいった。

「女将、医者はいないか。殿はお怪我なさっておるのだ」

「あ、おります。藪《やぶ》ですけど、一応医者は医者ですから。番頭さん、誰か、医者を呼びに行かせて」

「はい。ただいま」

吉兵衛はあたふたと台所の方に駆けて行った。

裏木戸が開き、ようやく町方役人や捕り手たちが、どっと裏庭になだれ込んだ。

「女将、いったい、どうなっておるのだ」

駆け付けた役人が十手《じって》を弄《もてあそ》びながら、女将に尋ねている。

御用提灯がたくさん集まっている。役人たちが、庭や離れの中を調べ、賊の死体や遺留品はないか、と探しはじめた。

「殿、陽炎剣でしたか？」

「うむ。だが、役末角ではなかった。前鬼の玄魔と称しておった」

「前鬼の玄魔ですか」

「うむ。若い行者だが、出来る男だった」

「役小角の場合、前鬼と後鬼がおったと思います。ということは、役末角も、手下として、前鬼のほか、後鬼もいるはず」

「ともあれ、手強い相手だ」

文史郎は懐紙を取り出し、刀の血糊《ちのり》を拭いた。

加藤竹然が死に際に訴えた言葉を思い出した。

かっぱたちをなんとかせよ、といったような気がする。

かっぱたちとは、河童のことか？　それとも合羽のことか？

ききようによっては、かっぱではなく、ハッパといっていたような気もする。

かっぱ、カッパ、合羽、河童？

加藤竹然は、いったい、何を最期に言い残そうとしたのだろうか？

文史郎は思い悩んでいた。

東の空が、やや青みが薄れ、白みはじめていた。

どこかで雄鶏《おんどり》が朗々と時を告げて、鳴きはじめた。

間もなく遠野の郷の夜が明ける。

文史郎は深い溜め息をついた。

ああ、また人を斬ってしまった。

人を斬ったあと、必ず押し寄せる悔悟の気分がまた始まった。

四

山桜が随所に咲き誇っていた。梅花の匂いも爽やかな風に乗って漂ってくる。

「はいどう！」

大門甚兵衛は馬に鞭《むち》を入れ、深い森の中の小道を飛ぶように走らせた。

先を行く猿島田佐衛門はさらに馬を速め、大門を突き放そうとする。

大門は苦笑した。

そもそも乗馬は苦手だった。馬は嫌いではない。ほかの小さな動物、猫やキツネなどと比べれば、馬は好きな方だった。だが、馬に乗って走らせるとなると話は別だ。

馬は時にいうことをきかない。乗っている自分を馬鹿にして、勝手に道端の草を食べようとしたり、牝馬の尻を追おうとしたりする。乗り手が気に入らないと、振り落とそうとさえする。人に噛み付いたり、蹴ったりもする。

馬は頭がいいので、乗り手がよほど上手《うま》く乗らないと、人を馬鹿にするのだ。

ともかく、馬の動きに合わせて、腰を上下させ、馬が走りやすくする。大門は、馬の動きに合わせることに全力をあげた。だから、馬に乗ると、普段よりもひどく疲れるのだ。

それでも、今回、大門に与えられた芦毛の牡馬アシ（芦）とは相性がいい。アシは大門のいうことに素直に従って走ってくれる。いまのところはだが。

「大門様、だいぶ、馬の扱いにお慣れになられたようですな」

先に行った田佐衛門が馬を止めて、大門を待ち受けていた。

「さようか？　アシが拙者に優しいのだろう」

アシは大門のいうことが分かるらしく、ふんふんと鼻息をついた。大門は笑いながら、アシの鬣《たてがみ》を撫でた。

「それにしても、猿島殿は驚くほど早く恢復されたな。あんな瀕死の状態だったのに」

「大門様、そんな堅苦しい呼び方をなさらず、それがしのこと、サルと呼んでください」

「おぬしこそ、大門様などと呼ばず、黒髯《くろひげ》とでも呼んでほしい」

「分かりました。では、髯殿と呼ばしてもらいます」

「髯だけでよい、と申すに」

「ははは。では、髯殿、もう一走りして、館に帰りましょうぞ」

田佐衛門は鐙《あぶみ》で愛馬東風《こち》の脇腹を軽く蹴り、馬を走らせた。大門もアシの横腹を蹴り、一目散《いちもくさん》に田佐衛門のあとを追った。

森の小道は、隠れ家の館に続いている……はずだった。だが、どこまで行っても、館は見当らない。小道はさまざまに枝分かれして、さらに奥へと伸びている。ところどころに花が咲き乱れる草地があったり、小川があったり、滝があったり。だが、肝心の館に突き当たらない。

森はあまりに深く、まったく見通しがつかない。だから、走っているうちに、ふと同じところをぐるぐると駆けているような錯覚にも襲われる。

田佐衛門も、同じだったらしく、突然、馬を止めた。

「たしか、この道だったはずですが」

田佐衛門は馬上であたりをきょろきょろと見回した。

「そうだ。やはり、この道だ。印に折った小枝がある」

田佐衛門は小道に垂れ下がった楓《かえで》の枝の折れた部分を指差した。

「おう。さようか」

「道に迷いそうなときは、岐れ路のたびに、こうして目印をつけておけばいいのです」

「なるほど」

大門はまた一つ田佐衛門から森に生きる知恵を学んだ。

「それにしても、あの館のあり場所は分かりにくいですな」

「髯殿、あの館は、ただの館ではないからです」

「なに？　ただの館ではない？　どういうことでござるか？」

「それがし、思うに、あの館はマヨイガだからです」

「マヨイガ？　なんでござる？」

「迷い家です。遠野に昔から伝わる、この世にあって、しかし、ないような屋敷なのです。いってみれば、屋敷の神様ですな」

「なんですと？」

「屋敷の格好をした神様です。だから、屋敷の神様を信じる人には見えるが、信じない人には見ることができない」

「ほほう。だが、不思議だ。拙者、信心深い方ではないが」

　大門は首を捻った。

「髯殿、何を申される。髯殿は修験者ではござらぬか。神様を信じない修験者がおりますかな?」

「そうか。いわれてみれば、そうでござるな。修験の苦行を行なっているのは、悟りを開いて、神様仏様に近付くことで、ただ軀を鍛えるのではない」

　田佐衛門は穏やかに笑った。

「あの屋敷の神様は、まさしく神出鬼没《しんしゅつきぼつ》、あるときには山の上にあったり、またあるときには、滝の傍にあったり、森の奥にあったり、崖の上にあったりする」

「屋敷が移動するというのでござるか?」

「はい。なにしろ、屋敷は生きている神様ですから」

「それがしたちは、その神様の屋敷に住んでいるというのか?」

「そうです。住まわせていただいている。ありがたいことでございます」

「普段は、誰が住んでいるのだ?」

「誰も住んでいないときききます。だけど、それがしたちのように、何か事情があって、追われて逃げ場に困った人がいたりすると、神様が気の毒に思って受け入れてくれる。匿ってくれる。そういう隠れ家でもあるらしいのです」

「なるほど。慈悲心に溢るる神様ですな」大門は感心した。

「貧しくて善良なる村人が森に迷い込むと、きっと姿を現し、一夜の宿を与えてくださる。そのときには、その人は家の中にある調度品などを持ち帰ってもいいことになっているのです」

「なんと、そんな恩知らずなことが許されるのでござるか？　バチあたりにござろう」

「それがしきたりなのです。持ち帰った人は、幸せをお裾分けしてもらったことになり、幸せな生活を送ることができる。それが人を幸せにするマヨイガなのです」

「なんと、お心が広い屋敷の神様ですな」

「さよう。権現様が住まわれていることでも、神様の屋敷だと分かります。ただのお屋敷ではないのです」

「この世には信じられないことが実際にあるのだのう」

大門は絶句した。

遠野は異界だということをあらためて認識するのだった。

田佐衛門はにこやかにいった。

「それがしの傷が驚くほど早く治ったのも、マヨイガで手厚く看護されているからでしょう。あの万病に効くという温泉もしかり。すべては遠野の神様のおかげだと思います」

「なるほど。それがしの傷の治りが早いのも、神様たちの救けがあってのことか。なんといって感謝したらいいのか」

大門は両手を合わせ、念仏を唱えた。

南無阿弥陀仏、南無阿弥陀仏……。

大門はふと念仏を止めて顔を上げた。

「神様に念仏はおかしいか?」

田佐衛門も静かに合掌していた。

「いえ、おかしくありません。心からの感謝の祈りは、念仏でも、お経でも、祝詞《のりと》でも同じです。きっと神様に通じます。八百万《やおよろず》の神々は寛容です。心が広うございます」

大門は再び両手を合わせ、心をこめて、般若心 経《はんにゃしんぎょう》を唱えた。

どうか、巫女の繭美様がご無事でありますよう、心の底から必死に念じた。

繭美様、この大門、命にかけても、必ず、お救い申し上げます。

一陣の風が大門に吹き寄せた。

大門ははっとして空を見上げた。太陽が雲間から鮮烈な光を放っていた。青白い光が大門に浴びせられていた。

神様が励ましてくれた、と大門は確信した。

田佐衛門が穏やかな目で大門を見ていた。

「いよいよ、屋敷がどこにあるのか分からないときには、こうするのでござる」

田佐衛門は愛馬東風の手綱を緩めた。

「こうして馬たちに任せるといいのです」

東風はいななき、首を後ろに回すと、ぽっくりぽっくりと蹄を鳴らしながら、小道を引き返しはじめた。

「なんと、後ろにあるというのか？」

大門もアシの手綱を緩め、自由にさせた。

アシも首を回し、東風のあとについて歩き出した。

しばらく馬なりにしていると、やがて見覚えのあるブナの大木の脇に出た。樹林の葉陰にひっそりと建っている屋敷が見えて来た。

「おう、屋敷だ」

大門と田佐衛門は顔を見合わせて笑った。

アシと東風はいななき、歩む足を速めた。

緋袴《ひばかま》姿のサヨが玄関先で手を振り、笑顔で大門と田佐衛門を迎えた。


屋敷の庭先で大門は田佐衛門と向かい合った。

大門は心張り棒を青眼《せいがん》に構え、田佐衛門は木刀を八相《はっそう》に構えた。

もう何度も打ち合い、叩き合ったが、勝負はつかない。

ふたりとも互いに跳びすさり、間合いを取って睨み合った。息は少しも乱れていない。長い勝負になるな、と大門は思った。

「二人とも、そこまで！」

村長の源衛門の声が響いた。

「髯殿、畏れ入りました」

田佐衛門は木刀を下ろし、腰の位置に戻した。

「いや、サル殿、こちらこそ参りました」

大門も心張り棒を引き、傍らに立てた。

大門は田佐衛門と互いに腰を折って礼を交わした。

立ち合いが終わると同時に、大門は緊張が解け、全身からどっと汗が吹き出すのを覚えた。久しぶりの立ち合いは軀に心地よい刺激となっていた。

「田佐衛門殿、いやサル殿の流派は、柳生新陰流《やぎゅうしんかげりゅう》でござるな」

「髯殿の流派はなんでござる？　新しい棒術と見ましたが」

「拙者の流派は、無手勝流《むてかつりゅう》。それも自己流でござる」

大門は笑った。サルは頭を振った。

「髯殿が真剣を握るのを想像するに、身の毛がよだつほど恐ろしいと感じました。なぜ、髯殿が真剣を握らないのか、よく分かりました」

「いや、それほどでもござらぬ。ただ、人を斬りたくない、ただそれだけのことにござる」

大門は静かに答えた。

しかし、今度の役末角との闘いには、真剣を握る。真剣で戦う、と大門は心の中で決めていた。繭美様を救うためには、そうせざるを得ない。

「村長様、大門様、猿島様、お茶のご用意ができました。どうぞ、座敷にお上がりください」

サヨが家の中から三人に声をかけた。

大門は村長の源衛門のあとに続き、屋敷に上がった。猿島も大門に続く。

座敷の掃き出し窓から、雄大な早池峰山の緑深い山麓が見える。

大門たちが座敷に入って行くと、座敷には茶の用意がなされていた。

「大門殿、猿島殿、折り入ってお話したいことがございます。サヨにお茶を点《た》てさせますので、相談にのってくだされい」

「喜んで、相談に乗らせていただきます。なにせ、それがし、江戸では相談人をしておりましたゆえ」

大門と猿島は、村長の源衛門の前に並んで座った。

あとからついて入ってきたサヨが部屋の隅にある火鉢の傍で、茶の用意を始めた。

権禰宜の若い男が現れ、大門たちの前に甘菓子を載せた木皿を置いて回った。

源衛門は正座すると、腕組をし、目を閉じていった。

「実は、さきほど役末角殿からの使者が参りました。先の要求はあきらめると。その代わり、また新たな要求が突き付けられました」

「どのような？」

「役末角殿は繭美を嫁に貰いたいというのです。その婚姻さえ認めてくれるなら、何も申さぬというのです」

「そんな馬鹿げた申し出、よもや村長殿はお認めなさらぬのでしょうな」

大門は語気を強めていった。

田佐衛門も大門に同調した。

「村長殿、そうでござるぞ。繭美殿が役末角の嫁になることを認めれば、源衛門殿は義理の父親になり、役末角は義理の息子となる。つまり役末角は将来、早池峰神社の宮司や早池峰村の村長を継ぐことになりましょう。となれば、役末角は争わずして、早池峰修験道を乗っ取ることができる。そんな政略結婚を認めてはなりません」

「田佐衛門殿、よくぞいってくれました。その通りでござる。村長殿、そんな要求はお飲みにならぬよう、お断わりくだされい」

大門も怒りを抑えていった。

ほんとうは、拙者が繭美殿を嫁にしたい、といいたかったが、その言葉はごくりと飲み込んだ。

大門は続けた。

「第一にですぞ、いくら、お父上の源衛門殿が承知なさっても、肝心の繭美殿が役末角との祝言を上げることを納得なさっておられるかどうかもありましょう」

「お待たせいたしました」

サヨが抹茶茶碗の盆を捧げ持ち、大門の前に進み出た。黒々とした抹茶茶碗を大門の前に置いた。

田佐衛門の前には、権禰宜の若い男が抹茶茶碗を置いた。

「どうぞ、お召し上がりくださいませ」

「では、いただきます」

大門は作法通り、甘菓子をはじめに頂いた。ついで、左手で茶碗を取り、右手を添えた。両手で茶碗を扱い、二度右回りに回す。それから、茶碗から抹茶を二口、三口で音を立てて飲み干した。

「結構なお点前で」

大門はサヨに頭を下げ、右手の指で茶碗の縁を軽く拭いた。茶碗を正面に向けて置き、相手の方に返した。

田佐衛門も大門を見習って、抹茶を味わうように飲んでいた。

同様に源衛門もお点前を味わっている。

しばらく沈黙の空気が座敷を支配した。

源衛門は茶を飲み終えると、おもむろに口を開いた。

「使いの者は繭美の手紙も運んで参りました。繭美の手紙には、もし、役末角と祝言を上げることで、役末角の大和修験者と、早池峰行者の争いごとが治まるためなら、己の身を犠牲にしてもいい、と申しているのです」

「な、なんですと？」

大門は田佐衛門と顔を見合わせた。

「その手紙はまことでござるか？」

「この手紙にある通りです」

源衛門は一通の書状を取り出し、大門に手渡した。

大門は巻紙を開き、達筆で書かれた文章に目を通した。

確かに源衛門がいっている通りだった。

大門は唸った。手紙を田佐衛門に渡した。田佐衛門も手紙に見入った。

「この筆跡は、確かに繭美殿のものでござるか？」

「さようにございます。サヨ、どう思う？」

「はい、確かに繭美様の筆にございます」

お茶を点てていたサヨは頭を上下に振った。

大門は腕組をして考え込んだ。

「繭美殿は役末角に無理遣り、強制されて、このような手紙を書いたのではござらぬかな」

「それはあるかもしれませんな」

田佐衛門がうなずいた。

源衛門が付け加えるようにいった。

「この手紙に付けて、役末角の手紙もありました。それによると、たとえ、私の承諾がなくても、役末角は次の満月の日に六角牛山において、繭美との祝言を挙行するといって来たのです」

「な、なんということを……」

大門は田佐衛門と顔を見合わせた。

「次の満月の日と申すは？」

「十日後になりましょうぞ」

「あと十日でござるか」

大門の脳裏に繭美の哀しげな顔が過《よぎ》った。

あの夜、繭美は境内を照らす、月影の中でか細い声でいった。

お慕い申し上げている御方がいます。

繭美は大門にちらりと流し目し、恥ずかしそうに目を伏せた。

お慕い申し上げている御方だと？

それは、きっと自分に違いない。ほかに、繭美の周りに、それらしい男は見当らない。

大門は天にも昇る気持ちだった。甘美な思いに浸りながら、繭美の肩に手をやった。

繭美はかすかに身動《みじろ》いだ。

大門様、わたしは……。

繭美は喘《あえ》ぐように何かを言おうとした。

そのとき、神殿の陰から権禰宜《ごんねぎ》の耕嗣《こうじ》が現れた。

「繭美様、お父様がお呼びにございます」

「……はい。ただいま参ります」

繭美はそっと頭を下げ、大門の傍らを抜けて、衣擦れの音を残して、神殿へ歩み去った。芳しい移り香が大門の鼻孔をくすぐった。権禰宜の耕嗣が付き添っている。

大門はうっとりとして繭美の後ろ姿に見惚れていた。

「大門様、いかがでございましょう？」

「何？」

源衛門の声に大門は、はっと我に返った。

「大門様、祝言の前に、なんとか繭美を救《たす》け出していただけませぬか？」

「分かり申した。それがし、命に代えても、繭美殿を救い出します」

大門は胸を叩いた。

「ありがとうございます」

源衛門は頭を下げた。

田佐衛門が膝を進めた。

「およばずながら、髯殿、それがしもお手伝いいたそう」

「猿島様も。ありがとうございます」

源衛門は田佐衛門にも頭を下げた。

大門は田佐衛門に顔を向けた。

「サル殿、かたじけない。しかし、相手は手強い。貴殿を巻き込んでしまっては申し訳が立たない」

「何を申される。貴殿は、それがしの命の恩人。加勢は当たり前でござろう」

源衛門は大きな溜め息をついた。

「ここに到っては、致し方ござらぬ。お二人には、もう一つ、繭美についての大事な秘密をお話しせねばなりますまい」

「秘密ですと？」

「何ごとでござる？」

「実は、繭美は私の娘ではありません」

「なんですと？　では、誰の娘だというのです？」

「繭美は権現様の娘なのです」

「なんと……」

大門は田佐衛門と顔を見合わせた。

「では、繭美の生母は、どなたなのでござる？」

「母親は繭様と申される天界の美しい御方でした」

田佐衛門が訝《いぶか》った。

「繭様と申されると、もしや、オシラサマでは？」

「そうでございます」

「というと、繭美殿は、人間ではないと申されるか？」

「はい。繭美は、見かけこそヒトですが、ほんとうは神様にございます」

「なんと、畏れ多いことか」

田佐衛門が頭を左右に振った。大門は口を開き、しばらくぽかんとしていた。

繭美は、神様でもある、というのか？

田佐衛門が尋ねた。

「先ほどの話では、……美しい御方でした、と申されたが、亡くなられているのでござるか？」

「さようにございます」

「神様なのに亡くなられたのでござるか？」

「はい。神様もヒトと同じように、この世界では、生老病死の四苦がおありなのです」

大門が尋ねた。

「その母親の繭様が亡くなり、権現様と娘の繭美殿の二人だけになられた」

「そうなのです。まだ乳飲み子の繭美様を抱えて、権現様は悲しみ、困惑なさっていた。そこで、宮司の私ども夫婦が乳飲み子を引き取り、繭美を人間世界の源衛門お妙の娘として育てたのでございます。これまで、誰にもお話ししなかった秘密でございた。でも、秘密を話したら、急に肩の荷が下りた気分にございます」

源衛門はほっとした顔でいった。これまで秘密にしていたのが、さぞ苦しかったと見える。

「そういうことか。なるほど」

大門ははたと思い当たった。

「もしや、役末角は繭美殿が権現様の子であることを知ったのではござらぬか？」

「まさか」

「だから、その繭美殿を人質に取った役末角は、はじめは、源衛門殿に一揆を起こすように持ち掛けていたが、いまでは、繭美殿と婚姻を結び、自らが権現様の正統な後継者にならんという企てに変わった。これは、役末角が早池峰に乗り込み、いまの権現様を追放し、己が権現様に成り代わろうとしているのではないか」

「なるほど。髯殿、それが役末角の野望だというのですな」

田佐衛門が同調した。

源衛門が青い顔をした。

「滅相もない。もし、そうであったら、早池峰修験を守るため、なんとしても、役末角の野望を打ち砕かねばなりません」

「しかし、源衛門殿、役末角もまた吉野の神様でござろう？　天界の争いに、それがしのような俗界の人間が立ち向かって勝てるのでござろうか？」

大門は不安を覚えた。

あの陽炎剣が、もし神剣であったら、容易なことでは太刀打ちできそうにない。

「ところで、源衛門殿、権現様は、なぜ、六角牛山に行って、己の娘である繭美殿を助けようとしないのでござるか？」

「権現様は、万能の神様ではございません。権現様は早池峰山の結界《けっかい》の中でのみ、神様として力を発揮できますが、役末角が陣取る六角牛山の結界に入っては神通力《じんつうりき》を失うのです」

「では、役末角も権現様が居られる早池峰山の結界に入れば、霊力を発揮はできない、ということですか？」

「はい。その通りです。だから、その権現様の結界に入るためには、ぜひとも、繭美と婚姻する必要があるのです」

「なるほど。そういうことだったのか」

大門はようやく腑に落ちた。

田佐衛門が腕組をして唸った。

「権現様の御力があてにならぬとすると、どうやって人間の我らが、神の化身である役末角の霊力に対することができるのかな？」

「私もそれを心配し、一度ならず権現様にお訊きしました。権現様も苦悶なさっておられたが、ぼそりとお呟きになられたことがあります」

「なんと？」

「役末角の霊力を封じるには、死者たちの霊力を甦《よみがえ》らせて使うしかない、と」

「死者の力を甦らせるとは、どういうことでござるか？」

「デンデラ野の祈禱師《きとうし》や山姥なら、死者の霊を呼び寄せ、甦らせることができるかもしれない、とおっしゃっておられた」

「デンデラ野ですと？」

「遠野の村村には、昔から、六十過ぎのお年寄りは食わせることができないので、息子や娘が背負い、デンデラ野に捨てる習わしがあるのです」

「姥捨て山伝説だな？」

大門は田佐衛門と顔を見合わせた。

「デンデラ野は早池峰山の結界からも、六角牛山の結界からも外れ、どちらの勢力も及びません。そのデンデラ野に捨てられた年寄りがいまも生き残り、祈禱師や山姥となっているのです」

「うむ。なるほど」

「彼らは、デンデラ野に葬られた無念の死者たちの霊を呼び、甦らせることができる。すなわち黄泉還《よみがえ》らせることができる。彼らのその霊力でなら、役末角の霊力を封じることができるのではないか、というのです」

大門は尋ねた。

「源衛門殿は、そのデンデラ野の祈禱師や山姥の誰かを御存知か？」

「知らないでもない。サヨ、あの山姥は、なんと申したかな？」

「そのお名前は決して口にしてはいけないといわれている御方です」

「うむ。そうだった。しかし、この際、仕方がない。なんと申した？」

「……山夜叉姥《やまやしゃうば》様でございます」

サヨが声をひそめていった。

源衛門はうなずいた。

「そうでした。山夜叉姥という山姥です」

「すると、そのデンデラ野の山夜叉姥様を訪ねて、その霊力を借りろ、ということでござるか」

「はい。しかし、一つ問題があります」

「なんでござろう？」大門は訝った。

「山夜叉姥様は、かつて権現様から早池峰山を追放された神様。権現様に、よい感情をお持ちではないのです。ですから、権現様の娘を救うために力を貸してほしい、と頼んでも、快く引き受けてくれるかどうか？　それで権現様も口を濁しておられるのです」

「いったい、権現様との間で、何があったのでござるか？」

「さあ。それは権現様と山夜叉姥様のお二人しか知らないことでございますかと」

源衛門は頭を左右に振った。

田佐衛門はサヨに訊いた。

「サヨ殿、なぜ、山夜叉姥様の名を口にしてはいけない、というのでござるか？」

「子供のころから、親たちにきかされたことです。その名を口にすると、デンデラ野から恐ろしい鬼女が飛んできて祟《たた》りをするぞ、と。だから、滅多なことで、その名を口にしてはならない、といわれてきたのです」

「ははあ。どう思う、サル殿」

「磐城《いわき》の地方でも、滝夜叉姫《たきやしゃひめ》という鬼女伝説があります。平 将門《たいらのまさかど》の遺児で夜叉姫といわれた美女でしたが、父将門が憤死した後、呪いの権化となって、祟りを重ねたという話です。その滝夜叉姫と名前も似ていますな」

「ううむ。なるほど。滝夜叉と山夜叉か」

大門は頭を振った。

権禰宜の耕嗣が突然、思い出したように、源衛門にいった。

「ところで、宮司様、ご報告があります。早池峰神社の禰宜の弥嗣《やつぎ》様から今朝ほど、知らせが入りました」

「ほう。なんだというのだ？」

「美雪様が遠野にお戻りになられたとか」

「なに、美雪が戻ったというか？」

源衛門は大門の顔を見た。大門は慌てた。

「あれほど、江戸に留まるように、お殿様に頼んだのに」

「それが、美雪様はいっしょに三人の侍をお連れになっていたとか」

「なに、三人の侍？」

「はい。そのお殿様と御供の方二人で、その御供の一人はご老体だが、いま一人は紅顔の女剣士だとのことでした」

「お殿様と、左衛門殿と弥生殿も、わざわざ遠野に御出でになられたというのか」

大門は顔をくしゃくしゃにして喜んだ。

「髯殿、その御方たちが剣客相談人と申される方々か」

「しかり。お殿様の大館文史郎様は、大目付松平義睦様の弟君だ。きっとそれがしが獄にいると知り、救けに来てくれたのだ」

大門は頭を振った。

「あれほど、手紙で、こちらには来るなと申し上げたのに……」

でも、内心では、嬉しくて涙が出そうだった。

五

「急ぐべ。ぐずぐずしてっと日が暮れっぺ」

美雪は笑いながら、シロの腹を足の踵《かかと》で軽く蹴った。

シロは大きな軀を揺すりながら、熊笹の原にのっしのっしと分け入った。シロの尻尾がほかの馬たちを誘った。

文史郎は栗毛の疾風を、弥生は黒毛のイカズチ、左衛門はブチの駿を駆って、シロの尻を追って続いた。

疾風もイカズチも駿も、我勝ちに先を争って歩く。馬たちの鼻息は荒く、牝馬のシロの大きな尻に近付こうとやっきだった。

「こやつら、さかりがついたか？」

文史郎は呆れて、あとにつく左衛門を振り向いていった。

「牡馬どもにとっては、牝馬のシロはさぞ美しい女子なんでしょうな」

ヒヒーン。

弥生のイカズチが激しくいななき、脇を追い抜こうとする文史郎の疾風を威嚇した。

「ドウドウドウ」

弥生が手綱を引いてイカズチを宥める。

「まあ、落ち着け」

文史郎は疾風の首筋を撫でて慰めた。

先頭を行くシロは力強い足取りで、熊笹が密生した山の斜面を登っていく。奥深そうな森また森の連続だ。

城下町を出立してから、猿ヶ石川《さるがいしがわ》に添うように北上して、早池峰山を目指す。

途中、猿ヶ石川は北東から流れ込む支流の荒川《あらかわ》と合流する。その合流地点を越えさらに進むと、下附馬牛《しもつくもうし》、ついで中《なか》附馬牛となり、神遣峠《かみやりとうげ》を越えて、最上流の上《かみ》附馬牛の地に至る。通常、荷を背負った牛馬は、その先には進めない。切り立った崖や急斜面が牛馬の登攀《とうはん》を拒むからだ。

正面に早池峰山、その手前に薬師岳《やくしだけ》が聳《そび》えている。猿ヶ石川は、その薬師岳の山麓を源流としている。

猿ヶ石川から見て、左手に、大麻部山《おおまぶやま》、二ツ石山《ふたついしやま》、土倉山《どくらやま》、白森山《しろもりやま》、小白森《こしろもり》の峰峰が連なり、主峰の早池峰山に至る。

他方、猿ヶ石川の右手側には、大黒森《おおくろもり》、天野山《あまのやま》などの高地が聳え、早池峰山に連なっている。

猿ヶ石川は、そうした早池峰山麓の奥深い懐から流れ出て、遠野盆地に流れ込む。人一人が通るのがやっとの細い山道を進み、神遣峠を越えるあたりから、早池峰山の神々の聖地に足を踏み入れることになる。

早池峰山麓には、ブナやカエデ、ミズナラなどの原生林が広がり、森や林が切れるところは熊笹が覆っている。

美雪のシロは熊笹の中の獣道を、まるで我が道のごとく突き進んでいく。

「まだ権現様の屋敷に着かぬのか？」

文史郎は美雪に怒鳴った。

「まだだんべ。あと一つ沢を越えれば、早池峰村への道に出っぺ。権現様の屋敷に行くには、村さ寄って早池峰神社にお参りせねばなんね」

「なんだ。権現様の屋敷に真っ直ぐ行くわけではないのか？」

「行けねえんだ。いま、屋敷はどこにいんのか、分かんねえだ」

「なんだって？　美雪は屋敷のある場所を知らんというのか？」

「知らねえ。いまごろ、どこ彷徨《さまよ》っているか？」

「何？」

「ははは。心配すんな。早池峰神社さお参りすれば、それも分かっぺ。誰か迎えに来てっぺからな」

美雪はけらけら笑う。

文史郎は首を捻った。

「よく分からぬ話だ」

「殿、郷に入れば郷に従えと申しますぞ。万事は案内人の美雪殿に任せましょう」

左衛門が駿の馬上から叫んだ。

前を行くイカズチの馬上から弥生が振り向き、樹間に見え隠れしている山嶺を指差した。

「文史郎様、綺麗な山ですよ。まだ山頂には白い雪を被っている」

「あれが早池峰山だ。村はあの山の麓にあんだ。だから、あの早池峰山を目指せば、いつかは村に着くんだ」

美雪が弥生に叫び返した。

「ゆっくり行きましょう。馬たちも息切れしてます」

「よかんべ。ドウドウ。シロ、ゆっくり歩け」

美雪は手綱を引き、速度を落とした。シロはのっしのっしと軀を揺すって歩く。イカズチも疾風も駿も、おとなしくシロのあとから付いて行く。

「まあ。空気がなんておいしいこと。江戸では味わえない清らかな森の匂いがする」

「そうだべ。おら、この森の匂いが一番好きだ。花の匂いもすっぺ」

美雪は弥生と意気投合している。

文史郎は溜め息をついた。

この調子で、ほんとうに日が暮れる前に村に到着できるというのだろうか。文史郎はいささか不安になった。

しばらく熊笹の斜面を登ると、下り坂になり、岩を食《は》む渓流の畔《ほとり》に出た。

先頭を行く美雪が片手を上げ、止まれの合図をした。文史郎たちは手綱を引き、馬の歩みを止めた。

どこからか滝の落ちる音が響いてくる。

美雪はシロの背から跳び下り、川原にしゃがみ込み、地べたを調べはじめた。

文史郎も馬から下りた。

「美雪、いかがいたした？」

「気にいんね。こんなあまり人も来ねえ山奥に、大勢の足跡がついていんだ。変だべ」

美雪は小川の水際の砂地を指差した。砂を深く抉《えぐ》ったような足跡が無数についている。

それも平べったい形の足跡や狼のような鋭い爪のついた足跡も混じっている。

「なんの足跡でしょうね」「なんでござろう？」

弥生も左衛門も馬から飛び降り、川原の砂地の足跡を調べた。

馬たちがそわそわと落ち着かず、蹄で地べたを削ったりしていた。

「シッ」

弥生がイカズチの轡を取りながら、文史郎たちに警戒の声を上げた。

文史郎もふと下流の草地に何か動くものを見、手で合図した。ほとんど同時に左衛門は上流の木の上に蹲《うずくま》る人影を見て、馬の鞍に付けてあった刀を鞘ごと引き抜いた。

文史郎も疾風の鞍に付けておいた刀を外した。

誰かが密かに文史郎たちの様子を窺っている。

「美雪、上流には何があるのだ？」

「滝があんだ。ほかは何もねえ」

「殿、どうされた？」左衛門が訊いた。

「人の気配がする。それも大勢の……」

「文史郎様、右手の……」

弥生が右手の熊笹を指差した。

熊笹が揺れていた。

「熊かしら？」

文史郎は、ふと右手の薄暗い樹間に、濃緑の影がちらりと見えた気がした。

「ともかく、滝さ、行ってみっぺ」

美雪が陽気にいい、シロに飛び乗った。

「よし。ともあれ、前へ進もう」

文史郎も疾風に跨がった。弥生と左衛門も馬に乗った。

シロの美雪を先頭にして、一列縦隊で沢を登りはじめた。岩や石だらけの川原は歩き難い。だが、馬一頭が通れるほどの小道が、川沿いの草地や平地に続いている。

美雪はシロの背の上から地べたを見ながら、何ごとかをぶつぶつ呟いていた。

やがて小道は川から外れ、鬱蒼《うっそう》とした森の中に入った。川原は大きな岩だらけになり、そこを迂回しているのだ。森に入っても、先に滝の落ちる気配がある。道は滝に続いていると文史郎も思った。

前方の樹間に、岩場を流れ落ちる滝の一部が見えた。

やがて視界が急に開けた。何本もの滝が滝壺に落ちる光景が広がった。

「あんれま。なんだべ」

美雪の素《す》っ頓狂《とんきょう》な声が起こった。

文史郎は手綱を引き、馬を止めた。

滝壺の傍らの岩壁を背にして、五、六軒の掘っ立て小屋が建っていた。いずれも、緑の葉を付けた木の枝で覆われているので、遠目から見れば、小屋だとは思えない。

鬱蒼と茂った熊笹が小屋の周囲を取り囲んでいる。小屋は静まり返り、人の気配はない。

滝壺から流れ出る渓流のあちらこちらに、木組みの柵や木製の樋が見え隠れしていた。

川下に堰《せき》が造られ、川の流れが止められ、淀《よど》みになっている。淀みの淵《ふち》には、葦が密生している。

文史郎たちは馬をゆっくりと進め、轟音を立てて落ちる滝の前に出た。

美雪も文史郎も馬を下りた。弥生も左衛門もあたりを気にしながら、下馬をする。

馬たちがしきりに動き、落ち着かない。

滝壺はどんよりと淀み、水底から水が湧き出ているかのように見える。

滝が落ちる崖を見上げた。渓流は山麓の森の中を抜けて崖に至り、滝となって落ち込んでいる。

「殿さま、か、河童だあ……」

突然、美雪が滝壺を指差して絶句した。

滝壺の水面から、青緑の軀の人影が二つ三つ、四つ五つと現れた。

「か、河童だあ」

「なに、河童だと？」

水面からのっそりと立ち上がった人影は、いずれも葦や水草を体中に纏《まと》い、水を滴《したた》らせている。頭から被った水草の間から、陰鬱《いんうつ》な赤い目が覗いていた。

文史郎は水面から姿を現した青緑色の草だらけの人影を見回した。

「文史郎様、熊笹にもなにものかが……」

弥生が小屋の周囲の熊笹を指差した。

密生した熊笹からも、草や葉の固まりのような人影が、のっそりといくつも立ち上がった。やはり、頭から被った草や葉の間から、赤い目が覗き、こちらを睨んでいた。

「殿、後ろの森からも」

左衛門がいいながら背後を指差した。

振り向くと、いま来たばかりの道を塞《ふさ》ぐかのように、草や木の葉で全身を覆った人影がのっそりと立っていた。

美雪が悲鳴を上げた。

「あんれま、川からも出て来たべ」

滝壺から流れ出た川に生えている葦の間からも、青緑色の葦や水草に被われた人影が、水を滴らせて立ち上がった。やはり全身が葦の葉や水草、藻などに覆われ、顔にあたるあたりから、赤い目が覗いていた。

「おのれ、こやつらが河童だというのか？」

文史郎たちは大勢の河童たちに四方を囲まれていた。どこへも逃げ場がない。

河童たちから猛烈な殺気が押し寄せてくる。

馬たちは怯えて、しきりに脚を動かし、足踏みをしている。

「大丈夫だ。ドウドウ」

ただシロだけが悠然として、美雪の傍らに佇み、耳で後方の気配を窺っていた。シロの様子に、イカズチも疾風も駿も、次第に落ち着きを取り戻した。

「美雪、馬たちを頼む」

文史郎は疾風の手綱を美雪に渡した。弥生も左衛門も馬たちの手綱を美雪に預け、文史郎の左右に立った。

美雪は自らを励ますように怒鳴る。

「馬っこは任せてくんろ。馬っこは河童が嫌いだかんな。うっかりすっと尻の穴から手を突っ込まれて肝を抜かれるべな。だから、後ろから悪さする河童がいたら、馬っこは遠慮なく蹴っ飛ばすべ」

美雪は文史郎たちの背後に立ち、馬の手綱を持って控えた。馬たちはシロと並び、いつでも後ろ肢で蹴る態勢を取っている。

文史郎は大声でいった。

「おぬしら、おとなしく引け。我らはおぬしらの敵ではない。ただの通りすがりの者だ」

文史郎は刀に手をかけたまま、相手を観察した。

河童たちは押し黙り、じりりっじりりっと文史郎たちとの間合いを詰めようとしている。

「おぬしら、口も利けないのか?」

文史郎は刀を抜いた。

「きええええい」

いきなり、河童たちが、刀や鎌を振り上げ、一斉に文史郎たちに斬りかかった。

「…………!」

左衛門の刀が一閃した。左から斬りかかった怪人は腹を打たれて倒れた。

右から斬りかかった影には、弥生の刀が一閃し、胴を薙ぎ払った。

足許に二人の河童が倒れ込んだ。血は流れていない。

「峰打ちだ。安心しろ」

左衛門と弥生は静かに残心し、文史郎の左右に立った。刀を八相に構える。

「どうしても、引かぬというのだな」

文史郎が言い終わらぬうちに、正面から緑の影が刀で斬り込んだ。

文史郎は一瞬体《たい》を躱し、刀を返して、相手の胸に叩き込んだ。ぼきっと肋骨が折れる音がきこえた。

「………」

鎌を持った河童が無言のまま斬りかかった。

文史郎は飛び退き、鎌の刃を辛うじて躱した。河童が鎌で文史郎の足を刈ろうとした瞬間、文史郎は飛び上がり、河童の顔に蹴りを入れた。

河童は悲鳴を上げて、地面に転がった。

それを合図に、周囲の緑の影がいっせいに石を投げはじめた。

「弥生、爺、あやつらの中に飛び込め」

文史郎はそう叫びながら、投石する河童たちの群れに躍り込んだ。刀を振るい、当たるを幸いに峰打ちで河童たちを倒す。

相手の懐に飛び込むと、河童たちはあまり近すぎるので投石ができない。遠巻きにする河童たちも下手《へた》に投石をすると、仲間に当たるので、石を投げられなくなった。

左衛門も弥生も、それぞれ河童たちと斬り結んでいる。

馬たちのいななきがきこえた。美雪に手綱を取られた馬たちは恐怖心に駆られ、後ろ肢で盛んに蹴っていた。河童たちは、たちまち蹴飛ばされて地べたに転がっている。

とりわけ、シロの奮戦は素晴らしく、美雪を守って後ろ肢で当たるを幸い、河童たちを蹴りに蹴りまくっていた。

突然、崖の上から狼の遠吠えが起こった。

河童たちの動きが止まった。崖の上に、一頭の大きな白狼の姿があった。

「あ、カムイ様だ」

美雪が嬉しそうに叫んだ。

「なに、カムイ様だと?」

文史郎は白狼を見上げた。

いつの間にか、白狼の姿は一人の白装束姿の行者になっていた。文史郎は左衛門や弥生と顔を見合わせた。

滝が落ちる崖の上から大音声《だいおんじょう》が轟いた。

「おまえたち、ここをどこだと思っておるのだ?」

崖の上に、長い杖をついた偉丈夫の行者が立っていた。白装束の修験者だ。両目をかっと開き、左右に吊り上げている。眼光鋭く、人を圧する気迫に満ちていた。

偉丈夫は両手で印《いん》を結びながら、大音声で九字《くじ》を唱えはじめた。

臨《りん》、兵《びょう》、闘《とう》、者《しゃ》、皆《かい》、陳《ちん》、列《れつ》、在《ざい》、前《ぜん》!

地にも轟く声で九字を唱えながら、手刀で空中に四縦五横の直線を描く。

「権現様だ」

美雪がその場に座り、恭《うやうや》しく平伏した。

「権現様が救けに駆け付けてくれたんだべ」

河童たちは九字の呪文によって、たちまち呪縛を解かれ、ざわざわと騒《ざわ》めいた。

権現様が大声で怒鳴った。

「おまえたちを縛っていた呪文は解いた。河童たちよ、目を醒《さ》ませ。おまえたちは、ここで何をしておる？」

河童たちは刀や鎌を持ったまま、正気に返り、その場でおろおろしている。

文史郎は足許に転がった河童を捕まえ、顔にかかった木の葉や草を引き剝がした。人間の男の顔が現れた。

弥生も倒した相手の水草や葦を取り払った。こちらも男の素顔が現れた。

左衛門も足許に転がった河童の背を膝で押さえ付け、頭に被っていた水草を引き剝がした。やはり人間の顔が現れた。

「なんだ、やはりおぬしたち人ではないか」

文史郎は男を突き飛ばした。半ば裸になった男は地べたに転がった。

「なんだ、河童じゃねえべ。ただの人間なら、なんも恐くなんかねえ」

美雪は傍らに落ちていた棍棒を取り上げると、蹲った男に振り上げた。

男は頭を抱え、悲鳴を上げた。

美雪は呆れた顔で、棍棒を投げ捨てた。

「打ちやしねえ。なんだ。男のくせして悲鳴を上げて。こんな悪さすっと、今度は承知しねえぞ」

河童たちは騒めきながら、草や木の葉、葦や水草を脱ぎ捨てはじめた。

「待て待て。まだ勝負は終わっていないぞ」

森を背にした人影が草や木の葉の蓑を脱ぎ捨てながら怒鳴った。

「それがしは役末角様の後鬼《ごき》を務める仁魔《じんま》なり。権現殿、尋常に勝負しろ」

女の声だった。

脱ぎ捨てた草や葉の中から、黒装束姿の女が現れた。

崖の上の権現様は大声で怒鳴り返した。

「やはり、役末角の手の輩か。この早池峰の地は、おまえたちの地にあらず。直ちに引き揚げよ。さもなくば成敗いたす」

「やれるものならやってみよ」

仁魔は刀を掲げ、天に突き上げた。

権現様の身がひらりと宙を飛んだ。白装束の修験者姿が、滝壺を越え、川原にひらりと着地した。

文史郎は仁魔の前に立ち塞がった。

「仁魔とやら、待て。権現様の手を煩《わずら》わすまでもない。それがしがお相手いたす」

弥生と左衛門が慌てて文史郎を止めようとした。

「文史郎様、ここはそれがしが」

「殿、なにも殿が立たなくてもよかろうか、と思いますが」

「権現様には、大門を匿っていただいている恩がある。止めるな」

文史郎は刀を抜いた。

「なに？　おぬしは、文史郎だと？」

仁魔は怪訝な顔で文史郎を睨んだ。だが、すぐに仁魔は目を剝いた。

「もしや、おまえは、兄者玄魔の片腕を切り落とした侍か……」

「さよう。それがしは文史郎。江戸の相談人大館文史郎」

「おもしろい。ここで兄者の仇を討たせてもらおう。権現殿、それまで待たれよ」

仁魔は怒りを顕わにし、文史郎を睨んだ。

「おのれ、憎っくき文史郎。兄者の仇」

仁魔は刀を右八相に構えた。

文史郎は刀を青眼に構えた。

「仁魔、おぬしも陽炎剣を遣うのだろう？　出せ、陽炎剣。それがしが受けて立とう」

「ははは。飛んで火に入る夏の虫か」

仁魔はにんまりと笑いながら、八相に構えた刀を天に突き上げた。

刀がめらめらと炎を上げて燃え上がった。

文史郎は青眼から右下段に刀を下ろして構えた。

仁魔の姿はみるみるうちに炎となった剣の陰に隠れた。

殺気が炎と化し、周囲に修羅《しゅら》の光をばらまきはじめた。

文史郎は秘剣引き潮の構えに入った。後方に引けるだけ引き、うねりが波浪となって盛り上がる気を待つ。

炎となった仁魔の姿が陽炎の中に消えた。

文史郎は心眼を開き、目に見えない仁魔の姿を幻視する。仁魔は振り上げた刀の先を文史郎に向け、刺突する構えになって行く。

文史郎は引いた刀を返した。

空気が動いた。心眼が飛び上がる仁魔の姿を捉えた。

文史郎は引き絞った弓の弦《つる》を解き放つように、刀を下段から引き上げた。

飛び上がって文史郎に突き入れてくる仁魔の刀を弾き上げた。

仁魔は炎の剣を弾かれ、突く目標を失って、転がった。すかさず文史郎は炎の剣を持つ腕に刀を叩き込んだ。骨の折れる音が響いた。

仁魔は悲鳴を上げ、剣を取り落とした。

「峰打ちだ。安心いたせ」

文史郎は残心し、怒鳴るようにいった。

仁魔は飛び退き、茫然としていた。だらりと垂れた右腕を痛そうに押さえている。

「おのれ、文史郎、覚えておれ」

仁魔は身を翻して、森に駆け込んだ。手下らしい男たちが、仁魔のあとを追って森に姿を消した。

文史郎は権現様を振り向いた。

白髪の修験者姿の権現様は、長い杖をつき、にこやかに笑っていた。

「おぬしが、文史郎殿か。大門殿から、おぬしたちの話はきいておる」

「初めまして。それがしは文史郎にございます」

文史郎は刀を腰の鞘に納め、頭を下げた。

左衛門と弥生があいついで、権現様に挨拶をした。

権現様は鷹揚にうなずいた。

「私の館に大門殿は御出でになられる。私といっしょに来るがいい」

「権現様、私もいっしょに行ってもいいだべか」

美雪が頭を下げながらいった。

「美雪、客人たちを、わしの館に案内いたせ」

権現様はうなずき、周りに佇む河童たちに大声でいった。

「おまえたちはおとなしく、おまえたちの棲み家に帰れ。いいな」

河童たちは、木の葉や草を付けた蓑を投げ捨て、すごすごと森に引き揚げはじめた。

「やれやれ、無駄な血を流さずに済んだだな」

文史郎はほっとして弥生に目をやった。

「ほんと。一時はどうなるか、と思った」

弥生も顔を安堵でほころばせた。

「あれ、権現様は、どこにおられるのか？」

左衛門はあたりを見回した。

文史郎もはっとしてあたりに目をやった。

権現様の姿は消えていた。

弥生も左衛門も怪訝な顔で、あたりをきょろきょろと見回している。

「大丈夫だべ。権現様は先にお帰りになったんだべ。さあ、行くべ。日が暮れるべ」

美雪がシロに飛び乗った。

文史郎たちも、それぞれ馬に乗った。

早池峰山が夕陽に赤く染まっていた。

どこからか、あの白狼の遠吠えがきこえてきた。

「はいよう！」

美雪がシロの横腹を蹴った。文史郎たちも、シロのあとを追って馬を駆けさせた。

第四話　デンデラ野の夕陽

一

長者屋敷《マヨイガ》の座敷は大勢の笑い声で賑わっていた。

「大門、ほんとうに心配したぞ。無事でなによりだ」

文史郎は大門を見て、ほっと安堵した。

「ほんと、大門様、みんな心配していたのよ。あんな遺書のような手紙を貰ったら、誰でも心配するでしょう?」

弥生は大門を詰《なじ》った。左衛門も笑いながらいった。

「そうだよ。大門、しかし、こうして元気な大門を見て、胸を撫で下ろした」

大門は頭を掻きながら、何度も頭を下げた。

「はい。殿、弥生殿、爺様、いろいろご心配をおかけして、まこと申し訳ない」

「よかったですなあ」

田佐衛門も、他人事《ひとごと》ながら、皆といっしょになって再会を喜んでいた。

「そうか、おぬしが公儀隠密の猿島田佐衛門か。兄者からおぬしのことは聞いておった」

「そうでございますか。今後とも、よろしうお願いいたします」

田佐衛門は文史郎に頭を下げた。

座敷では、美雪も巫女のサヨと抱き合って互いの無事を喜びあっている。

「それにしても、夜にもかかわらず絶景だのう。別世界におるようだ」

文史郎は座敷から見える外の景色に見とれた。煌々《こうこう》と照る月明かりに、早池峰山に連なる峰峰がはっきりと浮かんでいる。

名前も知らぬ夜鳥の不気味な鳴き声が谷に響き渡る。

樹林の梢を渡る風の音がひゅーひゅーときこえてくる。

庭には篝火《かがりび》が何本も焚かれ、あたりを明るく照らしていた。

座敷の中にも百目蠟燭が何本も立てられ、炎を上げている。

大勢の巫女たちによって夕餉の膳が持ち込まれ、文史郎たちは温かく過されていた。

話が一段落したところで、文史郎は大門に尋ねた。

「それで、大門、これから、いかがいたすつもりだ？」

「なんとか、藺美殿を救い出したいと思っております。村長殿にも、そう頼まれましたゆえ」

大門は一人決意したようにいった。

弥生が傍らから直截《ちょくせつ》に尋ねた。

「大門様、まさか、お一人で六角牛山に乗り込もうとしておられるのではないでしょうね」

「大門、一人では、いくらなんでも無茶というものではござらぬか」

左衛門も脇からいった。

文史郎がうなずいた。

「我らも、大門一人を死地に送るつもりはない。それがしたちも同行しよう」

「殿、ありがたき幸せ。しかし、これは、それがしが引き受けた事でござる」

「大門、堅いことをいうな。相談人の一人が引き受けた相談は、みんなで引き受けたも同じ」

田佐衛門が脇から口を挟んだ。

「殿、及ばずながら、拙者も同行させていただきます。これも大目付様のお指図の一つでもございますゆえ」

「なに、兄上のお指図だと？」

　文史郎は訝った。

「それから、もう一つ。それがし、囚われの身になり、危うく死にかけたところを、大門殿に親身になって看護していただいた恩があります。今度は、それがしが恩返しをせねば」

「かたじけない。おぬしまで巻き込んでは申し訳ない」

　大門は頭を下げた。文史郎に向き直った。

「殿、このサル殿、いや田佐衛門は、柳生新陰流免許皆伝。腕が立ちます」

「そうか。では、それがしからも加勢をお願いいたそう」

　座敷の襖が開き、権現様が宮司の源衛門や巫女、修験者たちを従えて入って来た。

　文史郎たちは、頭を下げて、権現様を迎えた。

　権現様は柔和な笑顔で文史郎たちを見回した。

「相談人の皆様、今日はご苦労さまでござった。皆様の剣の腕、しかと見分させていただきました。あの河童たちの襲撃にも屈せず、さらには、文史郎殿が、あの役末角の後鬼の霊剣陽炎剣を破ったのは、まことに見事でござった」

「いや、それも権現様のご加護があってのこと。誇れることではございません」

文史郎は礼をいい、顔を上げた。

「ところで、権現様、あの河童たちは何者なのでござる。本物の河童なのでござるか？」

「さよう。あの者たちは本物のカッパ。川派《かわは》、川人《かわびと》たちです」

「川派、川人ですと？」

権現様は宮司の源衛門を見た。源衛門が権現様に代わっていった。

「そうです。川派カワハ、それが訛ってカッパ。すなわち、川に生き、川に死ぬ人たちです。一生を川で生活している川人、川族のことです」

文史郎は左衛門や弥生と顔を見合わせた。

「海に海族海人《あまと》、山に山族山人《やまと》がおりますように、川に生きる川族川人のこと。遠野では猿ヶ石川や支流荒川に棲み付き、川でイワナ、アユ、マスやサケなどを獲り、市場に出し、さらには、川辺で細々と米や野菜を作って暮らす。海に下れば、海人となる。普段は、里の人とは交わらず、密かに山の川に隠れ棲む穏やかな人々です」

左衛門が訊いた。

「では、その川族があの滝のあたりで何をしていたのでござる？」

「権現様からおききして、直ちに村の若い者を滝に送り、調べさせました。その結果、川族は、上附馬牛《かみつくもうし》の滝で、金を採掘させられているとのことでした」

「なに、金の採掘ですと？」

田佐衛門が膝を乗り出した。

源衛門は大きくうなずいた。

「はい。あの上附馬牛の滝の付近の渓流から砂金が見つかったのだそうです。それで、役末角の大和修験者たちは、密かに川族に催眠術をかけて操り、砂金掘りをさせていたのです」

「上附馬牛に金山ありということでござるな」

田佐衛門はしたり顔になった。

源衛門は続けた。

「採掘場に付近の人を寄せ付けぬため、恐ろしい河童の噂を流し、それでも村人が滝の近くにやってくると、木の葉や草、葦などを編み込んだ蓑《みの》を付けて驚かす。それでも逃げぬ者には、刀や鎌などの得物《えもの》で襲いかかって追い払う。役末角の手下たちは、そうやって砂金を採掘していたそうなのです」

「それで川を堰き止めたり、木製の樋などを作ってあったのですね。砂金を採っていたんだ」

弥生は思い出しながらいった。

源衛門はうなずいた。

「権禰宜が掘っ立て小屋を調べたところ、金を分離するための鉄鍋やら水銀などが残されていたそうです」

左衛門が文史郎に向いた。

「殿、加藤竹然が死に際に『かっぱを……』といっていたのは、このかっぱたちに砂金を採らせていたのを知ったからでしょう。だから、かっぱを調べろと」

「なるほど、そういうわけだったか」

文史郎はようやく納得ができた。

田佐衛門が脇から口を挟んだ。

「ところで、源衛門殿、カッパたちが採掘した砂金は、その後、どうなったのでござるか？」

「カッパ連中から聞き出したところによると、採れた砂金は、幕府の役人の立ち合いの下、大和修験者たちが、鍋倉城に運んだとのことにございます」

田佐衛門が唸った。

「やはりそうでござったか」

「田佐衛門殿、その幕府の役人というは、何者なのだ？」文史郎が尋ねた。

「それがしの手の者たちの調べでは、公儀隠密を名乗る大原信之介という男でござる。だが、ほんとうに大原が公儀の者かどうかは怪しい」

「ニセ公儀というのか？」

「もし、大原が本物の公儀隠密なら、それがしが城に囚われの身になったと知ったら、城代にかけあいすぐに釈放させたでござろう」

「それもそうだのう。ではなぜに幕府の役人が立ち合っているかのように装っておるのかな？」

「幕府公金に見せかけ、他藩から疑われぬようにしているのではないかと思います」

田佐衛門は憮然とした顔で腕組をした。

「なるほどのう」

文史郎は話を聞きながら、弥生がしきりに、目で座敷の隅を差すのが見えた。

その視線の先に目をやると、小さな女の子が座り、にこにこと笑っているのが見えた。

誰の子なのだろう？　周りを見回したが、母親らしい女はいない。

「ん？　あの子は？」

「文史郎様、座敷童子にございますよ。縁起がいい。見える人は幸せになるそうです」

文史郎は左衛門に囁いた。

「爺、おぬしにも見えるか？」

「え？　なんでござる？」

「座敷童子だよ」

文史郎が顎をしゃくって座敷童子を差した。

だが、そのときには、座敷童子の姿は消えていた。

「……殿、爺をからかわないでください。わしはいっさい迷信は信じない質《たち》でござる。座敷童子なんぞいるわけがない」

左衛門は顔をしかめた。

文史郎は弥生と顔を見合わせた。

弥生は座敷の掃き出し窓側を目で差した。座敷童子は掃き出し窓の傍に座り、笑っていた。

左衛門は気付かず、大門や田佐衛門と何ごとかをひそひそと話し合っていた。

二

鍋倉城三の丸の城代の屋敷は、静まり返っていた。書院では四人の男たちが集まり、ひそひそと密談をしていた。

「物頭、すると上附馬牛の砂金採りの現場は、早池峰修験者たちに襲われ、人夫の河童たちが全員追い払われたというのだな」

城代の宇月大善は腕組をし、呻くようにいった。

「ははっ。物見からは、そういう知らせにございます」

物頭の轟信吾は平伏したままいった。

「ところで、それまで採った砂金は、いかがなことになった?」

「万一を考え、小屋の床下に隠してあるので無事と思われます」

「さようか。それはなにより。それにしても。あれほど、地元に河童たちの恐ろしい噂を流して、砂金採り現場に人が近付かぬようにしたのに、早池峰修験者どもにしてやられたか」

大原信之介が苦々しくいった。大原は幕府勘定方の元役人で、宇月大善が江戸詰だった頃からの遊び仲間である。役所の金に手をつけたため江戸を追われ、宇月を頼って遠野に来た。大原は宇月と共謀し、幕府公儀に成りすまし、採った砂金の分け前に与《あずか》ろうとしていた。

「役末角殿、おぬしの手の者が現場についておったのではないのか？　なのに、どうして、早池峰修験者なんぞにやすやすと追われてしまったのでござる？」

役末角は苦笑いした。

「大原、我ら大和修験者とて無敵にあらず。まして、あの地、上附馬牛は早池峰修験の結界の中だ。権現様の霊力が強く、大和修験の我らの霊力が通じる地ではない。我らが支配する結界であれば、我らの霊力は強く、権現様の霊力を封じることができるが」

轟が顔を上げた。

「物見からの報告によりますと、早池峰修験者には、江戸から来たサムライたちが加勢しておるとのことです。なんでも、剣客相談人とかいった輩とのこと。大原殿は御存知か？」

大原はうなずいた。

「確かに江戸において、剣客相談人なる徒輩《とはい》がいるのは知っておる。だが、剣客相談人と名乗るほどの剣客かどうかは怪しいものだが」

「それが……いいにくいのでござるが、役末角様の弟子である仁魔様が、相談人の一人大館文史郎なる者と立ち合い、敗れたとのこと。役末角様、それは事実でございましょうか？」

　役末角は苦々しくうなずいた。

「さよう。仁魔が負けたという報告はきいている」

　宇月大善は頭を振った。

「そうでござったか。仁魔様も敗れたということは、相談人大館文史郎なる男、相当の腕の者でござるな」

「いや。仁魔の敗因は分かっておる。文史郎の後ろに、権現様が控えておったのだ。その権現様の霊力がなかったら、仁魔は勝てた。なにせ、早池峰修験の結界の中だ。そういうこともある」

「役末角様がおいでだったら、権現様に対抗できるのでは？」

「うむ。しかし、六角牛山を根城にした結界の中ならば、わしの霊力の方が強いが、早池峰の結界では、権現様の霊力の方が強い」

「砂金の採れる場所は、猿ヶ石川上流域の早池峰山麓でござる。役末角様の御力でなんとか権現様の結界を破ることはできもうさぬかのう」

宇月大善は溜め息をついた。

役末角はにやりと笑った。

「まあ、案じることはない。我に秘策ありだ」

「どのような秘策でござるか？」

「それはいわぬが花だろう」

「しかし、どういう策なのか分かれば、それがしたちも安心というものでござる」

「ははは。わしは権現様の弱みを握っておるのだ」

「その弱みとは？」

「娘だ。権現様の娘繭美を捕らえてある」

「その繭美とやらは、早池峰村の村長で、早池峰神社の宮司の源衛門の娘ではござらぬか？」

「調べてみたらそうではないと分かった。源衛門は人間世界での育ての親だ。繭美の生みの親が亡くなったゆえ、男手では育てられぬというので、早池峰神社の宮司である源衛門夫婦に預け、大人になるまで育てさせたのだ。本人はまだ気付いておらぬが、藺美には霊力がある」

「どうして、それが分かったのでござる？」

「デンデラ野の山姥の山夜叉姥からきいたのだ」

「山姥の山夜叉姥？」

　宇月大善たちは顔を見合わせた。

「さよう。山夜叉姥は、もともと早池峰の神女《しんにょ》だったが、どういう理由があってか、権現様に追われ、いまは姥捨て山に大勢の身寄りなき爺婆といっしょに暮らしておる。その山夜叉姥が、わしに内緒で教えてくれたのじゃ」

「なるほど。しかし、源衛門の娘は二人いたときいていたが、どちらも美女らしいな」

　宇月大善が頭を捻った。

　物頭の轟もうなずいた。

「二人とも、美しい姉妹で、城下町でも遠野小町として有名でござった。我も我もと婿になりたいという男どもが源衛門に押し掛けたが、これまで誰も承諾されなかった」

　役末角はいった。

「姉の方の繭美が権現様の娘だ。いま一人は源衛門の実の娘美雪だ。源衛門夫婦は、美雪を繭美の実の妹のように育てたのだ」

大原は安堵したように笑った。

「なるほど。権現様の娘を人質に取ってあるなら、力強い。その繭美とやらを楯にして、早池峰に乗り込めば、権現様の霊力を封じることができもうそう」

「大原、早計なことを申すな。それでは、繭美をも敵に回すことになる。権現様の最大の弱みは、大事に扱い、将来の時に役立てたいのだ」

「と、申されると?」

「わしは、この歳になって、初めて繭美に惚れた。繭美と婚姻を結び、権現様の入り婿となろうというのだ」

「な、なんと。権現様の娘と婚姻なさると申されるのか?」

「さよう。入り婿となったわしは権現様の正統な後継者として、早池峰に乗り込む。いずれ、権現様を引退させ、わしが権現様に成り代わる。そうなれば、早池峰修験は、わしが支配することになる」

「そうなれば、役末角様の御力をお借りして、それがしが遠野南部領主に代わって、領内すべてを支配することができるというもの。そうなると、砂金採りは誰の邪魔も入りませんな」

　宇月大善はにんまりと笑った。

　大原がいった。

「城代、先の話はともかく、いま幕府はカネがなくて困っている。薩長土肥《さっちょうとひ》など地方の大藩が力を付けてきておるのでな。つまり、軍資金がほしい。いま、この遠野南部領から、金を幕府に供出すれば、将軍様や幕閣たちの覚えがよくなり、おぬしをこの遠野南部領主として知行を与えてくれるやもしれぬぞ」

「大原、そうすればおぬしも堂々と江戸へ戻り、勘定方の役人として復帰できるというものだな」

「さようで」

　大原は宇月と顔を見合せ、ほくそ笑んだ。

　役末角が尋ねた。

「城代、上附馬牛の滝にある小屋には、相当の砂金が溜っておるな」

「轟、どうだ？」

　城代は物頭の轟に尋ねた。

「はい。このひと月、まったく運び出しておりませんから、おそらく千両は下らない量の金が溜っているかと」

「うむ。それに、これまで貯えた二千両の砂金を合わせれば、合計三千両にはなる」

大原がにやっと笑った。

「城代、その三千両、全部を幕府に出す必要はござらぬぞ」

「と申すと?」宇月大善は訝った。

「砂金が採れるということは、早池峰山麓の猿ヶ石川源流地域に金鉱脈があるということでござろう。これから、その金鉱を探すための資金も必要でござる。だから、とりあえず幕府には金鉱があると報告するだけに止《とど》め、これまで採れた砂金三千両は、これからの探査や砂金採りの費用として、我ら三人がいただくということでいいのでは?」

「なるほど。そうでござるな。全部を幕府に差し出す必要はない。まだ三千両ほどしか採れないのだからな」

宇月大善は轟にいった。

「隠してある砂金をどうやって運び出すかだが」

「それはともかく、あの砂金採りの場所をどうやって安全に確保すべきかでござる。また早池峰修験者たちに襲われては、おちおち砂金採りもできますまい」

「そうだのう。大原どう思う？」

「城代、兵を送り、早池峰村を攻めて、修験者たちをあの地から追い出してしまうというのはいかが？」

「兵を挙げるには、一応、その名目が必要だな」

「城代、早池峰村に一揆の兆しあり、ということではいかがかと。兵で早池峰村を襲っている間にそれがしが小屋の床下から金を掘り出し、馬搬を使って金を城に運ぶ。いかがでござる？」

「うむ。大原、それでいこう。役末角様、いかがでござろうか？」

役末角は腕組をした。

「わしは口出しせん。早池峰の結界では、わしの霊力も通じない。わしをあてにしないことだ」

「役末角様の御力をお借りせずとも、我が方には百人の鉄砲隊がございます。いかな権現様とて、鉄砲にはかないますまい」

宇月大善は高らかに笑った。

三

早池峰山山麓に霧が湧いていた。

長者屋敷は霧に包まれ、掃き出し窓の外は真っ白に霞んでいた。

文史郎は、大門、左衛門、弥生、美雪、サヨ、そして、田佐衛門とともに鳩首《きゅうしゅ》し、どうやって繭美を救い出すかを話し合っていた。

役末角への返事の期限が、日一日と迫っていた。一日も早く策を立てねばならない。

「まともに六角牛山に押し掛け、役末角率いる大和修験者と真っ向勝負して、繭美殿を救い出す。正攻法だが、これを第一案としよう」

文史郎はみんなを見回した。

「役末角は、おそらく霊力を使って我らに対するであろう。その霊力がどのくらいのものなのか、分からない。これが第一の問題だ。第二に、大和修験者たちは、どのくらいいるというのか、だ。そして、第三に繭美殿は、六角牛山のどこに幽閉されているか？　山頂の社か、それとも麓にある六角牛山神社か？　あるいは、その他のどこか？　これはぜひとも事前に調べておきたい」

左衛門をはじめ、みんなはうなずき合い、考え込んだ。

「殿、それで第二案というのは、どのようなものでござるか？」

左衛門が訊いた。

文史郎は腕組をした。

「第二案は……ない。いま考慮中だ。それとも、爺《おび》は何か策があると申すか？」

「爺としては、奇策を用いて役末角たちを他所に誘き出し、手薄になった六角牛山を襲って、一挙に繭美殿を救い出す」

「その奇策というのはなんでござる？」

大門が尋ねた。

左衛門は頭を振った。

「それが思いつけば、もっと早くに行っておりましょう。さて、役末角は、何をちらつかせれば、誘き出せるのか？」

「奇策か。なんらかの手立てを施し、役末角を誘き出すというのはいい考えだな。爺、それを、とりあえず第二案としよう」

「はい」

左衛門はうなずいた。弥生が口を挟んだ。

「文史郎様、それがしの考えでは、役末角の霊力を封じる方策があると思うのですが」

「弥生、どうやればいいというのだ？　六角牛山の結界では権現様の霊力は通用しないそうだが」

弥生は大門と田佐衛門を見た。

「ほら。大門様や猿島様が、源衛門殿からきいたという、デンデラ野の山姥の力をお借りするという方策があるではないですか」

「そうそう。サヨ殿が詳しい」

大門は巫女のサヨを向いた。サヨはうなずいた。

「はい。山姥の山夜叉姥様にお願いして、役末角の霊力を封じることができるかもしれません」

田佐衛門がいった。

「しかし、山姥の山夜叉姥様は権現様と仲違いしているそうではないか」

「はい。確かに。山夜叉姥様は権現様と仲違いをしていますが、繭美様とは仲違いしているという話はきいていません。それに繭美様は、源衛門様の娘ということになっていますので、山夜叉姥様は、こちらからのお願いを無下にはお断りにならないか、と思います」

サヨは唇をきっと結んでいった。

文史郎は大きくうなずいた。

「よし。山姥の山夜叉姥様にお願いしよう。それがしがデンデラ野に乗り込んで山夜叉姥様にお会いしよう」

「では、それがしも同行いたします」

弥生が笑顔でいった。美雪もうなずいた。

「私も行くべ。山夜叉姥様には、これまで一度も会ったことねえ。妹の立場から、姉の繭美を助けてくれってお願えすっぺ」

「では、爺も同行いたす」左衛門が身を乗り出した。

「爺はいい。あまり大勢で乗り込んでも相手には迷惑であろう」

「いえ。そうはいきません。殿に万が一のことがあったら、傅役としての面目が立ちません。まして、山姥のごとき鬼女にお会いになるというときに、爺がいなくては……」

左衛門は口をへの字にした。一度言い出したらきかないという顔をしている。

「分かった。いっしょに参れ」

「当然にござる」

左衛門はにっと笑った。

「それはそうと、サヨ、おぬしは山夜叉姥様をよく存じておるのだろう？」

「は、はい。デンデラ野の社でも祭祀の折に、何度か山夜叉姥様にお目にかかっております。でも、わたしのような者が行っても……」

「山夜叉姥様の顔見知りは、サヨ、おぬしぐらいだ。我らは、誰が山夜叉姥様か分からない。ぜひ、いっしょに同行してほしい」

「分かりました。ごいっしょさせていただきます」

サヨは緊張した面持ちでうなずいた。

文史郎は、みんなを見回した。

「さて、繭美殿を救出するための手立てだが、その前に敵情を知らねばならない。大門、田佐衛門、爺には、六角牛山のどこに繭美殿が監禁されているか、探り出してほしい。それから、大和修験者たちの人数、配置など、あらかじめ知っておきたい」

大門はうなずいた。

「殿、分かりました。敵情を調べるのは、我らにお任せください。それがしも一度は六角牛山に乗り込み、役末角に面会し、繭美殿を解放してほしい、と談判した経験がある。おおよそ六角牛山の地勢については、それがしの頭に叩き込んであります」

「そうか。ならば、こころ強い」

文史郎は大門を頼もしげに見た。大門は田佐衛門に向いた。

「田佐衛門殿、六角牛山の様子を調べる上で、おぬしの手の者を使えぬか？」

「もちろん、使えます。任せてください」

文史郎は訝った。

「田佐衛門、手の者と申すは、吉兵衛たちのことか？」

「さようにございます」

「うむ。重ね重ね、吉兵衛たちには世話になる。よろしく頼む」

「これも、公儀隠密の役目の一つです。ご安心くだされ」

田佐衛門が笑顔でうなずいた。


廊下が騒がしくなった。襖がすっと開き、宮司姿の源衛門が数人の神人たちを従えて座敷に入って来た。

「殿、たいへんでございます」

源衛門が文史郎の前に座った。

「ただいま、里から早馬が神社に来ました」

「なんの報せだ?」

源衛門は傍らの若い権禰宜の耕嗣に話すように促した。

「はい。昨日、城内に非常呼集がかかり、兵が集められ、今朝、その城兵隊が猿ヶ石川を遡り、早池峰村に進軍を開始したとのことです」

「なに、兵が来ると申すのか?」

「はい。城内にいる細作《さいさく》からの報告では、早池峰修験者討伐ということだそうです」

「兵力は?」

「およそ五百。うち、百は鉄砲隊とのよし」

「何を口実にしての挙兵なのだ?」

「早池峰村と早池峰修験者に謀反の兆《きざ》しあり、という口実です。しかし、細作によれば、その内実は、先日襲われた砂金採り現場を奪還し、隠してある砂金を取り戻すことが目当てだとのこと」

耕嗣はきっと顔を上げた。

「上附馬牛地域は早池峰村の村域にあり、村の財産にございます。そこで採れる魚や野菜、果物はすべて村のもの。川で採れた砂金も同じく村のもの」

「それはそうだ。村のものだ」

　文史郎はうなずいた。

「おそらく、城代は、役末角の大和修験者と結託し、この機に早池峰村や早池峰修験者を武力で討伐し、早池峰を自らの支配下におこうという目論見《もくろみ》ではないか、と思います」

　文史郎は権禰宜の耕嗣の端正な顔を見た。

　この危機にあたり、冷静に敵の意図を読み切る若者に、文史郎は感心した。宮司の源衛門が信頼する権禰宜だけのことはある。

　文史郎はまた腕組をした。

「しかし、また難題が起こったものだな。どうやって、村を守ることができるか。権現様には、お知らせしたのか？」

「はい。いま禰宜の弥嗣が早池峰山頂の修験場に向かって急ぎ駆け付けているところでございます。知らせが届けば、すぐにでも権現様はこちらに飛んで戻られることでしょう」

　文史郎は、はたと膝を打った。

「これは好機だな」

「好機と申されると、いかなことでございますか？」

「城兵たちが攻めてくるのを、我らが機先を制して迎え撃つとする。敵をさんざんに懲らしめれば、いやでも役末角率いる大和修験者たちも城兵の支援に来るだろう。そうなると、いかがなことになる？」

「ははあ。六角牛山の守りが手薄になるわけですな」

左衛門や大門がにんまりと笑った。

「期せずして第一案を実行できることになりますな」

「そういうことだ」

文史郎は大きくうなずいた。

「耕嗣、いまごろ、城兵たちはどの付近にいる？」

「物見の報告では、間もなく峠に差しかかるとのことです」

「よし。好機だ。城兵隊が村に押し寄せて来る前に、こちらから先制攻撃をかけ、進軍の足を遅らせようではないか」

文史郎は源衛門に向いた。

「村長、早池峰山中にいるマタギを全部呼び寄せてほしい。鉄砲隊には、マタギの鉄砲で応じる」

「分かりました。耕嗣、すぐに氏子たちを走らせ、マタギたちを呼びなさい」

「はい。畏《かしこ》まりました」

耕嗣は急いで座敷を出て行った。

「よし。我らも、すぐに討って出られるように支度をいたそう」

文史郎はみんなに呼び掛けた。

「馬を引け」

田佐衛門が大声で叫んだ。厩で働く馬丁たちが、一斉に元気な声で応えた。

四

夜が明けようとしていた。

早池峰山の山麓はまだ黒々とした夜の闇が残っていた。

早朝に鍋倉城を出立した城兵たちは、三つの挺団に分かれ、早池峰に向かって進撃を開始した。物頭轟率いる前衛隊百人、城代宇月を大将とする本隊三百人、そして大原率いる後衛隊兼別働隊百人、である。本隊には百人の鉄砲隊が入っている。

鍋倉城から早池峰村や早池峰神社までは、おおよそ五里（約二〇キロメートル）ほどしかない。人が物見遊山しながら、ゆっくり歩いて、およそ二刻（四時間）も掛からないで進める距離だ。

だが、討伐隊は、はじめこそ農道を順調に進むことができたが、早池峰山山麓の森に足を踏み入れた途端、なかなか思うように進まなくなった。
二、三人の少人数なら身動きが取れるものの、大勢の兵員が鉄砲や長刀、槍などを持って一隊となって進むことができない。
森の中は蔦《つた》や枝、藪《やぶ》が行く手を阻み、城兵はいつの間にか、前衛も本隊も、殿《しんがり》の後衛も、一列の長い行列となって進むしかなくなっていた。

さらに、道は曲がりくねり、きつい坂になったり、沢や渓流を渉《わた》るようになったり、獣道のような藪深い山道になる。

そのため、五百人の城兵は、いつの間にか散り散りばらばらになって、森の中を進んでいた。樹林は鬱蒼として昼もなお暗く、展望も利かない。だから、いったい自分たちが、どこを歩いているのか分からない。

兵のある組は道に迷い、それに続く者もいっしょに迷う結果になり、同じところをぐるぐる回るというような大混乱に陥っていた。

宇月大善は馬に乗り、本隊の先頭を切って進んでいたが、前衛部隊が森の中で停滞するので、本隊もまた停滞し、なかなか思うように先に進めない事態に陥っていた。

いつしか太陽は頭の上に移動しており、すでに昼過ぎになっている。

馬に乗った宇月大善は、本隊の先頭にいたはずなのだが、いつの間にか、前後に十人ほどずつの兵しか見えないようになってしまった。

「物頭を呼べ！　どこにおるのだ？　わしのところに戻れといえ！」

宇月は馬上で怒鳴った。城兵たちが物頭への伝言を前へ前へと告げた。

「物頭様！　城代様が御呼びでござる」

「物頭様！　至急伝言」

「どけどけ」

やがて、怒鳴り声がして、前方から馬を駆って、物頭の轟が現れた。轟は顔にあたる枝を避け、頭を低くしながら駆けて来る。

「城代様、何ごとでござるか？」

轟と宇月は馬の轡を並べて進もうとしたが、道が狭くて並べず、前後に縦になって馬を進めることになった。

宇月は前を行く轟に叫んだ。

「前衛はどうなっておるのだ？」

「森を抜けるまで、隊がどうなっているのか、分かりません」

「先刻から、同じ道をぐるぐると回っているような気がしてならん。ほんとうにこの道でいいのか?」

「案内人の示す道を進んでいるので、間違いはないか、と思われます」

予定では、昼過ぎには早池峰村に到達し、攻撃する手筈になっていた。

「もう、昼時ではないのか?」

「さようで」

「このままでは士気も下がる。一休みして、兵たちに昼飯を摂《と》らせよう」

「分かりました。伝令、全隊止まれ。昼食を摂れ」

轟は兵たちに告げ、自らも下馬をした。

宇月も馬を下りた。あとから小姓が駆け付け、道端に床几を立てた。宇月は床几に座り、樹間から見える青空を見上げた。

前後の兵たちも、それぞれ、草叢に腰を下ろし、握り飯の包みを広げている。

小姓が宇月にも握り飯の入った折詰めを差し出した。

轟も草叢に座り、握り飯を頬張りはじめた。

「この様子からして早池峰村に着くのは、いつになるのか?」

「あと一、二刻はかかるやもしれません」

「道案内人は、どこにいるのだ？」

「前衛の先頭に」

「信用できる男か？」

「地元の百姓ですが、信用できるかと」

「分からんぞ。地元の連中は早池峰村の連中と通じておるかもしれん」

「念のため、数人を道案内に立てていますので、心配は無用かと」

轟はそういいながら、梢の間から見える空をしきりに仰いだ。

「轟、いかがいたした？」

「鳥が……やけに多いですな」

宇月も握り飯を食べながら空を見上げた。

いきなり、黒い大きな鳥が宇月の手許を襲い、握り飯をかっ攫って飛び去った。

「な、なんだ、これは」

「鳶でござった」

轟が慌てて握り飯の残りを口の中に押し込んだ。瓢箪の水を飲み、飯を胃に落とした。

あちらこちらで悲鳴が上がった。兵たちも握り飯を狙って飛びかかる鳶《とび》や鴉《からす》に驚き、腰を抜かしている。

鴉の鳴き声が頭上に響きはじめた。

梢の上を無数の黒い鴉が不気味な声を上げて舞いはじめていた。

「な、なんだというのだ」

宇月大善は床几から立ち上がった。

鴉の大群が城兵たちの頭上を飛び交い出していた。

「城代様、もしや、これは我らの動きに気付いた権現様が霊力を使って、鴉たちを呼び寄せたのでは？」

「笑止《しょうし》。この程度で、我らの進撃が止められると思っておるのか」

宇月大善は大声で笑い、物頭に命令した。

「ようし。休憩は終わりだ。轟、直ちに前進を開始するようにいえ！　鴉の群れなんぞに惑わされず前進だ。一刻も早く、この森を抜け、早池峰村に攻め込むのだ」

城兵たちはのそのそと立ち上がった。宇月と轟は馬に飛び乗り、「前進前進」と兵たちを叱咤激励した。

五

文史郎は馬上から峠の下に広がる森を見下ろした。

弥生も左衛門も大門も、馬上から森の中を彷徨《さまよ》う城兵たちを眺めていた。

城兵たちの長い隊列が、森のあちらこちらで右往左往して彷徨っている様《さま》が手に取るように見える。

「………」

長い杖を持った権現様が、峠の岩の上に仁王立ちし、印《いん》を結びながら、天に向かって大声で呪文を唱えていた。

権現様の傍らでは、宮司の源衛門が禰宜の弥嗣や権禰宜の耕嗣とともに手で印を結び、高らかに祝詞を唱和していた。

彼らの背後には、白装束姿の修験者たち十数人が正座し、同様に手で印を結び、祝詞を唱えていた。

天空には、鴉の大群が舞い、日頃は天敵の鳶や鷹が急降下して、城兵たちを威嚇しては飛び去って行く。

文史郎は空を舞う鴉の大群を眺めた。

「殿、権現様は、今度は何を呼び寄せますかね」

左衛門がにやにやと笑いながら、文史郎に囁いた。

「あれだ」

文史郎は左手の森の端の薄《すすき》が原を指差した。

そこにはイノシシが薄の叢に見え隠れしていた。イノシシは次第に増えはじめ、集まり出していた。数十頭はいる。

「殿、猿たちも騒ぎはじめていますよ」

左衛門は右手の山の斜面を指差した。そこには木々の枝という枝に、何十匹もの茶褐色の毛皮の猿たちが集まっている。

天空俄《にわか》に黒雲が湧き、急激に空を覆いはじめた。時ならぬ生臭い風も吹きはじめた。雨滴がぽつぽつと落ちて来た。

「いや、イノシシ、猿だけではないぞ。なにやら、天地、森のすべてが動き出している」

文史郎は左衛門、弥生、大門たちの顔を見回した。

「臨《りん》・兵《びょう》・闘《とう》・者《しゃ》・皆《かい》・陳《じん》・烈《れつ》・在《ざい》・前《ぜん》」

権現様は大声で、九字の法呪を唱え続け、手で剣印を結び、四縦五横《しじゅうごおう》に空を切った。

臨める兵《つわもの》、闘う者、みな陣（陳）烈《やぶれ》て前に在り。

戦いの前に敵陣に向かって放つ九字の「破軍破陣」の法呪文。

呪文をきいているだけで、文史郎は背筋にちりちりとした戦慄が走るのを覚えた。

権現様は、最後に裂帛《れっぱく》の気合いとともに、手刀を斜めに切り下ろした。

それまで見えていた早池峰山が雲に隠れた。ついには土砂降りの雨が森にどっと降りはじめた。強風が吹き、森の木々の梢や枝、葉を揺らしている。

杖が森の中の城兵たち向けられた。

「行け、強者たち」

権現様は杖を振り回した。

森の端に集まっていたイノシシの大群が、一斉に森の中に走り込み、城兵たちに襲いかかる。

右手から猿の大群が奇声を上げて、枝から枝を渡り、城兵たちに飛びかかった。

上空から鴉の大群が急降下して城兵たちを鋭い嘴《くちばし》で突きはじめた。

城兵たちは森の中で、右往左往して、逃げ回っている。

「かかれ！」

権現様の声がかかった。

「おおう」

控えていた行者たちが雄叫びを上げ、一斉に立ち上がり、金剛棒を掲げて坂を走りだした。

「よし。皆、我らも行くぞ」

文史郎は刀を抜き、肩に乗せて構えた。

「打ち込め！」

文史郎は疾風の横腹を蹴った。疾風はいななき、白装束の行者たちといっしょに峠の坂を駆け下った。

「おう。殿に続け」

左衛門も刀を抜き、馬で続く。森の中の城兵たちを目指して突進する。

「ようし。行くぞ」

大門は六尺棒を振り回しながら、馬を駆った。

弥生と美雪も馬を駆り、一気に坂を駆け下りて行く。

吶喊《とっかん》が森に響きわたった。

六

狭い山道をイノシシの大群が猛然と突進して来る。たちまち城兵たちがイノシシの牙にかかり、跳ねとばされる。城兵たちは一斉に道の左右の森の中に逃げ込んだ。

「城代様、お逃げくだされ」

物頭が馬の手綱を引き、宇月大善に怒鳴った。

イノシシたちに牙で突かれ、馬は後ろ肢立ちになった。宇月大善は馬にしがみつき、辛うじて落とされずに済んだ。

兵たちはイノシシに蹂躙《じゅうりん》され、悲鳴を上げて逃げ惑っている。

森の中に馬を駆れば、今度は頭上の枝や梢から猿がばらばらっと飛び降り、牙を剝いて襲いかかる。

宇月は必死に馬を駆り、飛びかかってくる猿を振り落としながら逃げた。

物頭の轟が悲鳴を上げた。

「城代様、蜂、スズメバチが……」

宇月の周りにも、大きなスズメバチが無数に飛び回っている。スズメバチは下を逃げる兵たちに容赦なく襲いかかっていた。

兵たちは悲鳴を上げて逃げ回っている。

「蛇だあ」

「まむしだあ、毒蛇だあ」

兵たちの足許の草叢からは、何匹もの蛇が現れ、兵たちの足を襲った。

馬は蜂や蛇の襲来に、いななき、後ろ肢立ちになって、城代を振り落とそうと暴れ出す。

城代は蜂を追い払いながら、必死に馬から振り落とされまいと馬の首にしがみついた。

「城代様、ひとまず安全な地帯に撤退しましょう」

物頭の轟は城代の馬の手綱を摑み、引っ張った。

宇月と轟の馬は、大混乱に陥った兵といっしょに森の中の山道を引き返した。後ろから怒濤のようなイノシシの大群が追ってくる。

「さあ、横へ」

轟は宇月の馬の手綱を引き、道を外れて横に逃げた。宇月と轟は、馬を駆り、猿ヶ石川の沢に駆け下りた。

イノシシたちは、突然横に逸れた宇月や轟の馬を追わず、そのまま山道を猪突猛進して行った。

猿の大群も森の枝から枝へと飛び移りながら、逃げる城兵たちを追って行く。

「おのれ。皆の者、集まれ。逃げるな。城代様をお守りしろ」

物頭の轟が大声で、逃げ惑う城兵たちを呼び集めた。森の中から、ほうほうの体《てい》で逃げて来た城兵たちが、轟と宇月の周りに集まって来た。

「物頭、態勢を立て直すんだ」

宇月は叫んだ。

ほっとする間もなく、イノシシの後ろから白装束の行者たちが現れた。行者たちは金剛棒を振るって、宇月や轟たちに突進して来る。

周囲の城兵たちは逃げ腰になった。

「逃げるな！　逃げる者は斬る」

城兵たちは、仕方なく槍や刀で行者たちに立ち向かった。

馬蹄が轟き、さらに馬に乗ったサムライたちが、刀や棒を振り回しながら突進して来た。

「剣客相談人、参上！」

城兵たちはたちまち斬り伏せられ、打ち倒されて行く。

侍たちに続いて、森の中から毛皮を背中にまとったマタギたちが大勢現れた。鉄砲を構えている。

「鉄砲隊は、どうした？」

城代は叫んだ。鉄砲隊百人がいれば、こんなマタギたちは、一掃できる。

物頭が怒鳴った。

「鉄砲隊は壊滅です。散り散りばらばらに逃げてしまいました」

「なに、一人もおらぬのか？」

「はい。みな逃げました」

マタギの鉄砲が一斉に火を吹いた。残っていた兵たちが目の前でばたばたと倒れた。

「逃げるとは許さん」

城代は物頭の後ろに隠れながら絶叫した。

「本隊はどうした？　応戦しろ」

「本隊もばらばらになって壊滅です」

「前衛は？」

「前衛も、四散し、分かりません」

「後衛は？」

「この辺にいるはずなのですが」

轟は怒鳴り返した。

辛うじて残っている兵たちが騎馬のサムライと刀で斬り結んでいる。

「大原、後衛隊、どこにいるのだ？」

城代は馬上で叫んだ。物頭が城代の馬の手綱を引き、川へと押しやった。

「城代様、ともあれ、後退しましょう！　ここは危ない」

物頭は城代の馬を引きながら、猿ヶ石川に飛び込んだ。猿も蛇も、川の中までは追って来ない。

轟と宇月は馬を馳せ、渓流の中を必死に川下に下《くだ》りはじめた。

その頃、後衛隊の大原たちも前から逃げて来る味方の兵やイノシシの大群、猿の群に驚き総崩れになっていた。

「おのれ！　畜生どもめ」

大原は抜刀し、突進して来るイノシシを迎え討とうとしたが、馬が後ろ肢立ちになって落馬した。大原は立ち上がろうとしたところに、大イノシシの牙にかかり腹を切り裂れて道端に転った。その大原に今度はマムシの群が襲いかかり、大原は絶叫した。

城代と物頭は馬を駆り、渓流の中を下りに下った。そのうち、森を抜け広い淀みに出た。

そこまでは追ってくる白装束姿はない。物頭と城代は馬を岸に上げた。

いつの間にか、あれほど吹いていた風はぴたりとやみ、雨も上がっている。

森の中から獣や蜂に追われた兵たちが、渓流を泳ぎ下り必死に逃げて来るのが見えた。

「止まれ、止まれ」

物頭が怒鳴り、馬で兵たちの行く手を塞いだ。

イノシシも猿も蜂も蛇もそこまでは追いかけて来ない。

ようやく兵たちは逃げるのをやめ、集まりはじめた。兵たちは、その場にへたり込んだ。

後衛隊の一人が駆け寄った。

「城代様、大原様落馬し、絶命したとのことです」

「なにい！　大原がやられたか」

宇月は無念の顔になった。

「おのれ。物頭、鉄砲隊をかき集めろ。反撃だ」

「城代様、無理です。鉄砲隊は銃を投げ捨て逃げた者が多く、集めても、せいぜいが十人か二十人程度でしょう」

「それでは反撃もできぬな」

　宇月は口惜しそうに顔をしかめた。

「城代様、ようやく味方が駆け付けたようです」

　轟が田圃の中の一本道を指差した。

　川下から役末角に率いられた烏天狗の一団が駆けて来るのが見えた。

「おう、役末角殿、やっと加勢に来てくれたか」

　城代と物頭は馬から下り、役末角たちを迎えた。

　役末角は、へたり込んでいる兵たちを一瞥し、顎を撫でた。

「城代、だいぶ、やられたようだな」

「いや酷い目に遭った。イノシシの大群や猿どもに襲われたり、蛇や蜂にまで襲われた」

「それはまやかしだ。権現様の法力で呼ばれた幻だ」

「いや、そんなことはない。わしとて、蜂に刺され、危うく毒蛇に咬まれるところだった。それに修験行者たちやサムライたちにも襲われた。幻なんぞではない。のう、轟」

轟も恐しげに森を振り向いた。

「さよう。まるで森全体が敵になったようだった。恐ろしい」

「だから、いったろう。それが権現様の法力だと」

城代の宇月は恨めしげに役末角を見た。

「残念ながら、早池峰村を攻めるどころの話ではない。攻める間もなくさんざんやられてしまった。もし、役末角殿の法力で我らを助けてくれたら、こんな酷い目に遭わずに済んだのに」

役末角は苦笑いしながらいった。

「前にもいったはずだ。わしをあてにするなと。早池峰山麓では、それがしの霊力は使えない。権現様の結界の中だ」

「これから、いかがいたす?」

役末角が訊いた。宇月は轟と顔を見合わせた。

「ともあれ、兵を集めて態勢を立て直さねば」

「はい。まったくだらしない。ろくに闘わずして逃げ帰ったとなると、武士の面目も立ちません」

轟は溜め息をつき、頭を振った。その間にも、森の中からは、蜂に刺されたり、イノシシの牙にやられた兵たちが、ほうほうの体《てい》でぞろぞろと出て来るのだった。

七

文史郎たち六人は馬を馳せに馳せた。一気に早池峰山麓から下り、鍋倉城の城下町を駆け抜けた。

文史郎、左衛門、大門、弥生、美雪の五人に、早池峰神社の権禰宜耕嗣が新たに加わっていた。

耕嗣は弱冠二十歳、早池峰修験の荒行に耐え、権現様を開祖とする山岳剣法早池峰流を習得しているとのことだった。繭美の救出のため、自ら志願したのだった。

文史郎たちは宿屋鹿野屋に立ち寄ったが、草である女将の津留と大番頭の吉兵衛の姿はなかった。

その代わりに、小番頭が先発した田佐衛門の伝言を預かっていた。

田佐衛門はお津留と吉兵衛の二人を連れ、先に六角牛山に行くとあった。

「殿、我らも六角牛山に駆け付けましょう。おそらく役末角たちは、宇月たちに加勢するため、早池峰山麓に駆け付けているはず。いまなら守りも手薄になっているはず」

大門が進言した。大門は一刻も早く、繭美を助け出したい、と思っているのが、よく分かる。

美雪も笑いながら賛成した。

「いまのうちなら山姥の力をお借りしなぐとも、繭美姉さんを助け出せるべ。ね、耕嗣殿」

「私もそう思います」

耕嗣も大きくうなずいた。文史郎はみんなにいった。

「よし。六角牛山神社まで、もう一走りだ。役末角たちが帰らぬ前に急ごう」

文史郎は疾風の脇腹を足で蹴った。疾風はどっと勢いよく走りだした。弥生や左衛門、大門たちがあとを追った。


六角牛山神社は、六角牛山の麓にある。

文史郎たちが駆け付けると、鳥居の傍らで、田佐衛門が待っていた。

文史郎たちは鳥居の前で馬を下りた。

「殿、一足遅うござった。繭美殿は、自力で土牢から脱出なさったようだ」

「なんだって。どうやって？」

大門が勢い込んで訊いた。

田佐衛門は、後ろに立った年老いた神職を振り向いた。

「大門殿、話はこちらの宮司からきいたが早い。こちらは、六角牛山神社の宮司の正《しょう》顕《げん》殿でござる」

「よろしうお願い申し上げます」

古老の宮司は文史郎や大門たちに挨拶した。

「正顕殿は早池峰神社の宮司源衛門とは旧知の仲。役末角たちに拉致されて来た巫女姿の繭美殿を見て、源衛門殿の娘と分かり、なんとか隙を見て助けようとしていたそうなのでござる」

古老の宮司正顕はうなずいた。

「さよう。繭美様は六角牛山山頂にある社の土牢に幽閉されておりましてな。毎日、うちの下女が食事をお届けしたり、身の周りの世話をしていたのです。それで、わしが密かに脱出させる手立てを考え、その旨、繭美様にお伝えしていたのでございます」

しかし、土牢には、二六時中、役末角の手の者の見張りが付いており、なかなか脱出させる隙がなかった。

それが今朝になって、役末角たちが急に鍋倉城へ出掛けて居なくなり、見張りの人数も数人になった。

「この隙に、なんとか繭美様を逃がそうと、神職たちと六角牛山に登ったところ、見張りの者たちが気を失って倒れていたのです。土牢を覗いたら、繭美様のお姿も消えていたのです」

「さっきは、繭美殿が自力で逃げたと申したな。それは、どうして分かったのだ？」

大門が正顕に詰め寄った。

「気絶していた修験者たちが正気を取り戻すとそう申していたのです。繭美様があんな霊力を持っていたとは思わなかったと」

「霊力ですと？」

大門は文史郎と顔を見合わせた。

「さようでございます。その見張りたちの話では、役末角たちや上役の目もなくなったので、鬼の居ぬ間に、としばらく土牢から離れていた。社を見張ればいい、ということで、外で休んでいた。そうしたら、突然、風が吹き出し、土埃が上がった。

……」

雲行きも怪しくなり、雨さえ降りそうな気配になった。見張りたちは、社に逃げ込み、雨風を避けようとしていた。

そうしたら、突然、土牢から抜け出した繭美が見張りたちの前に現れた。

見張りたちは慌てて繭美を捕らえようとしたら、繭美が呪文を唱えて、見張りたちに手を掲げた。すると、見張りたちは軀が金縛《かなしば》りになって身動きができなくなった。

「そこへ山の下から、ぞろぞろと大勢の爺婆たちが上がって来たそうなのです。繭美様は、その爺婆たちといっしょに山を下っていったというのです」

「その爺婆とは？」

文史郎は訝った。

老宮司の正顕は大きくうなずいた。

「あれは、デンデラ野に捨てられた老人たちだと思います」

「どうしてデンデラ野の老人たちが迎えに来たというのだ？」

大門が訊いた。

「おそらく、山姥の山夜叉姥様の差し金ではなかろうか、と思います」

美雪が愁眉《しゅうび》を開いた。

「じゃあ、山夜叉姥様が姉さんを助けてくれたんだべか」

　正顕は美雪に驚きの目をやった。

「そういうあなたは、藺美様の妹ですかな」

「うんだ。妹の美雪だ」

「そうでしたか。源衛門殿には、美しい娘さんが二人おられるときいていたが、あなたが、そのお一人でしたか」

　文史郎は田佐衛門に目をやった。

「話からすると、藺美殿はデンデラ野に行ったということになるな」

「さようでござる。それでさっそく吉兵衛と津留をデンデラ野に走らせました。ほんとうに藺美殿がデンデラ野に居るか否かを調べさせています」

「よし。我らもデンデラ野に乗り込もう。山夜叉姥は、権現様に遺恨を抱いているというではないか。藺美殿を連れ出したのが、山夜叉姥ならば、今度はデンデラ野で捕まって監禁されているのかもしれない」

「いや、大丈夫でございます。山夜叉姥様は、お心の広い御方。藺美様をお助けすることはあっても、役末角のように囚人にするようなことはなさりません」

　正顕はきっぱりといった。

「ともあれ、繭美殿の身が心配でござる。我らもデンデラ野に参りましょう」

大門が文史郎を急かした。

大門は文史郎の馬の轡を引いた。

「田佐衛門様」

女の声がした。

突然、木陰から白い装束のキツネが飛び出し、田佐衛門の前に片膝を立ててしゃがんだ。

「おう、お津留、様子はいかがだった？」

女はキツネの面を外した。津留の顔が出て来た。

「報告いたします。やはり、繭美様はデンデラ野の山姥、山夜叉姥様の許、十王堂《じゅうおうどう》の社に匿われております」

「さようか。で、大和修験者たちの様子は？」

「繭美様の抜け牢に気付いた前鬼玄魔や後鬼仁魔たちが、急ぎ城から戻り、デンデラ野に向かっています。城から早馬が早池峰の役末角の許にも出たので、遅かれ早かれ、役末角がデンデラ野に駆け付けるかと思われます」

「ご苦労。殿、我らもすぐにデンデラ野に駆け付けましょう」

「よし。みんな、乗馬だ。急げ」

文史郎は叫び、疾風に飛び乗った。

弥生も左衛門も、残りのみんなもつぎつぎに馬に乗った。美雪もシロに跨がった。

文史郎は宮司の正顕に礼をいい、疾風の脇腹を蹴った。疾風は、先頭を切って走りだした。そのあとに、弥生や大門たちが続いた。

八

六角牛山神社からデンデラ野までは、およそ二里（八キロメートル）。馬で行けば、一乗りの距離である。

文史郎たちは、まずデンデラ野の東にある山の斜面地のダンノハナに駆け付けた。

ダンノハラは、昔からの墓地で、デンデラ野で亡くなった老人の亡骸《なきがら》が葬られる地だ。

ダンノハラからは向かい側に広がるデンデラ野が一望できる。

なだらかな起伏に原野が広がり、その丘を越えた先に村の田畑が見える。

デンデラ野には掘っ立て小屋がいくつも建ち並び、寒々とした集落を作っていた。

集落の外れ、山際の杉の木立の前に小さな御堂が建っている。

「殿、あれが十王堂の社でございます」

お津留が文史郎に知らせた。

十王堂には、数人の人影があり、堂に出入りしているが、ほかに不審な人影はない。

集落の近くの畑に鍬で耕す老婆の姿があったが、ほかに大和修験者らしい人影はない。

とりあえず、まだ役末角の弟子である玄魔や仁魔たちは来ていないと見て、文史郎は安心した。

「殿、お先に参りますぞ」

大門がいち早く馬を駆って、デンデラ野に向かって坂を下りはじめた。

「よし。参ろう」

文史郎も手綱を引き、疾風を駆って、大門のあとを追った。

デンデラ野の荒野を走り、集落の広場に走り込むと、掘っ立て小屋から、ばらばらっと手に手に鎌や鍬、鋤を手にした老人たちが現れた。

先に着いた大門は老人たちに取り囲まれていた。大門はすぐに馬を下り、老人たちに敵ではない、と宥めていた。

文史郎たちが、大門のあとに駆け付けた。

老婆たちも鉈や包丁を手に鋭い目で馬上の文史郎たちを見上げている。

「怪しき者にあらず。争いに参ったのではない。味方でござる」

左衛門が大声で叫び、馬を飛び降りた。

文史郎も馬を下り、左衛門とともに、その場に正座した。

老人たちは顔を見合わせ、戸惑った顔をしている。

美雪とサヨは馬を下り、老婆や爺たちに声をかけた。

「あだしらは早池峰神社の者だす。怪しいもんじゃねえ」「姉の繭美が、こちらに匿われているときいて駆け付けたんだ」

弥生も田佐衛門も権禰宜の耕嗣も馬から下りて、両手を広げ、老人たちに何もしないといいながら、文史郎を見倣い、その場に座った。

老婆たちは、文史郎たちの様子や、美雪や巫女姿のサヨを見て、ようやく鉈や包丁を下ろした。

十王堂の観音開きの扉が厳《おごそ》かに開いた。

「おまえら、何者だ？」

堂の中から、腰の曲がった老婆が姿を現した。顔には深い皺が幾重にも刻み込まれており、怒りに燃えた目からは老人とは思えぬ激しい気迫が放たれていた。

「山夜叉姥様、おら、繭美の妹美雪だ」

山夜叉姥は、やや驚きの表情になったが、何もいわず、じっと美雪を睨み続けた。

「美雪だと？」

山夜叉姥は記憶を探るように、まじまじと美雪の顔を見つめている。

「早池峰神社の宮司源衛門の娘だ。ぜひ、繭美姉に会わせてくんろ。お願えだ」

山夜叉姥は何もいわず、さらに丹念に美雪を上から下まで見つめていた。

「美雪とやら、おまえの襟首を見せな」

「襟首？」

山夜叉姥は堂の縁側から、腰の曲がった老人とは思えぬ身軽さで、ひらりと地面に飛び降りた。それから、美雪に歩み寄ると、美雪の着物の襟元をめくり、うなじを出した。

白いうなじに、小さな黒子が三個、三角形を作って並んでいるのが見えた。

「ほうか。おめえが美雪か。うんだ。覚えていっぺ。おめえが、まだ一つか二つのころ、おらが抱っこしたんべな」

「え？　そんなことがあったんだか？」

美雪は驚きの声を上げた。

「美雪、やはり、美雪だったのね」

堂の扉の前に、いつの間にか、汚れた野良着姿の娘が立っていた。

汚れた野良着姿だったが、それがかえって娘の美しさを強めていた。白い肌に、整った顔立ち。美しさの中にも気品があふれ、楚々とし趣を感じさせる。

文史郎も左衛門も、そして弥生までも思わず、娘の美しさに見とれていた。

「姉ちゃん。やっぱ姉ちゃんだ。いがった。無事でいがった」

美雪は堂の縁側に飛び上がり、野良着の娘に抱きついた。

「美雪、父さまは、ご無事ですか？」

「無事だんべ。この人たちが父さまを城から助けてくれたんだ。そればかりか、早池峰を守ってくれたんだ。そして、今度は姉ちゃんを助けっぺと六角牛山に駆け付けたんだ」

「まあ、そうだったのですか」

繭美は文史郎たちを見回した。その中に大門がいるのを見付け、優しく声をかけた。

「大門様、ありがとうございます。やはり、助けに来てくれたのですね。ありがとう」

「いやあ。それがし、何もできぬうちに、繭美殿は牢から抜け出したときいて、驚いていたところです」

大門は頭を掻きながら照れた。

繭美は権禰宜の耕嗣や巫女のサヨを見て、微笑み、頭を下げた。

「それに……耕嗣やサヨまでも駆け付けてくれて。ありがとう。心配をかけて」

「いや、繭美様が元気なだけで満足です」

耕嗣ははにかむように笑った。

「わたしも」

サヨもうれしそうに縁側に駆け寄った。

「こちらのおサムライ様たちは？」

繭美は文史郎や左衛門、弥生に顔を向けた。

「あ、ご紹介が遅れました。こちらは、相談人のお殿様、傳役の左衛門様、そして、弥生様。以前に申し上げましたでしょう？　皆、江戸の相談人仲間でございます」

「ああ。おききしましたね。愉快なお仲間だと」

文史郎は顔を伏せ、傍らの左衛門に囁いた。

「愉快な仲間？　大門は我らのこと、繭美殿に、なんといっていたのかな」

左衛門は頭を左右に振った。

「どうせ、ろくな話ではないでしょう」

繭美は弥生の顔を見て、目を細めた。

「あなたが弥生様ですね。お綺麗な上に、剣の達人とのこと」

「いや、大門様が何をいったか分かりませんが、それがしは大した腕ではありませんん」

弥生は男言葉で答えていた。

山夜叉姥が笑いながらいった。

「こんなところで話さないで、どうぞ、堂の中に上がりなさい。それから、ゆっくりお話をしましょうぞ」

「そうそう。さあ、どうぞ」

繭美もにこやかに笑い、大門や文史郎たちに堂内に上がるように促した。

十王堂の前に集まった老婆爺たちも、それぞれ、掘っ立て小屋に戻っていく。

田佐衛門は、そっと、お津留に見張りを頼んだ。津留は静かにその場を離れ、どこかに姿を消した。

十王堂の中には木彫りの素朴な観音像が祀られていた。

文史郎たちは観音像に両手を合わせ、感謝の祈りを捧げた。

堂内は十畳ほどの広さだった。文史郎たちは観音像の前に車座になって座った。

堂守りの老婆たちが番茶を入れた茶碗を運んできた。

茶を啜りながら繭美と美雪の話は弾んだ。

話が一段落したところで、文史郎が山夜叉姥に尋ねた。

「源衛門殿にききました。姥様は早池峰の権現様と不仲である、と。どうしても、山夜叉姥様は権現様を許すことができないことがあると。だから、今回、早池峰神社の宮司の源衛門殿の娘御である繭美殿が役末角たちに拉致され、人質にされても、きっと姥様は助けてはくれないだろう、と源衛門殿は悲観していました。しかし、そうではなかった。よくぞ、繭美殿をお助けくださいました。いったい、どういうことなのでしょうか？」

「そうじゃのう」

山夜叉姥様は皺だらけの顔を綻ばせた。

繭美が山夜叉姥様に尋ねた。

「姥様は権現様と、どうして仲違いなさったのです？」

「そうだ、姥様、教えてくんろ。お願えだ」

美雪も頼んだ。山夜叉姥様は頭を振った。

「……もう昔のことだから、話しておいてもいいかのう」

山夜叉姥様は溜め息をついた。

「実をいうとわしは権現様の生みの母なんだ」

繭美は驚き、美雪と顔を見合わせた。

「まあ、姥様は権現様のお母様だったのですか？　それが、どうして？」

「わしが還暦になると、息子から権現様の座を下りるよう引導を渡されたのじゃ。そして、わしは早池峰の地から追い出され、このデンデラ野送りにされたのじゃ」

「まあ、権現様は、どうして、そんなことを……」

繭美は悲しそうに口に手をあてた。

文史郎は、大門がうっとりと繭美を見つめているのに気付いた。その大門を妹の美雪が悲しそうに見つめている。大門は美雪に気付いていないらしい。

「わしは息子の仕打ちに怒り、デンデラ野に籠もった。そして金輪際《こんりんざい》、いまの権現様のいうことはきくまいと心に決めた。このデンデラ野を黄泉国《よみのくに》への入り口として、権現様の霊力も及ばぬ聖地にしたのじゃ」

「そうだったのですか。権現様も非道《ひど》い。お母様を、そんな風に扱うなんて」

繭美は目に涙を溜めて山夜叉姥様を見つめた。

山夜叉姥様は微笑みながら、頭を振った。

「だが、正直いって、はじめはなんて冷たい息子なんだろう、と恨んだものだったが、デンデラ野に入り、同じ姥捨て山送りにされた大勢の婆や爺に遇い、ここでいっしょに暮らすうちに、考えが変わったのじゃ」

「ほう。どう、お変わりになったのでござるか？」

文史郎は尋ねた。

山夜叉姥様はこっくりとうなずいた。

「ここはやがて人生の終わりを迎える人々が最後に集う場所。せめて人生の最期くらいは、みんなで楽しく暮らし、皆に見看られて野辺送りになるのも悪くない、と思うようになった。姥捨てされるのは、確かに辛くて寂しいことだけども、皆、息子や娘が悪いとは思っていない。貧しさが悪いのじゃ。貧しいから、みんな不幸になる。己が犠牲になって、一人でも口減らしができれば家族は少しは楽になる。皆、息子や娘と暮らしたいという思いを、無理矢理捨てて、このデンデラ野にやって来ている。そのことを知ったら、わしは思ったのじゃ。わしは、そういう善良な、自分を犠牲にしてでも家族の幸せを願う人たちを助けようと思うようになったのじゃ。そういう人たちにとって、せめて、このデンデラ野を人生の最期を迎えるのに相応《ふさわ》しい、静かで幸せな暮らしができる村にしよう。それがわしの最期の役割であろうと気が付いたのじゃ」

「なるほど」

「わしが権現様の座に居たとき、姥捨て山の習慣があることを知っていたが、他人事《ひとごと》にしか思わなかった。そのころ、息子はしきりに各地のデンデラを訪ね、捨てられた爺婆の辛い境遇をなんとかできないか、とわしに相談したことがあった。わしは、それはその人たちの人生で、自業自得だとして顧みなかった。息子は、そんなわしを見て、腹に据えかねたのだろう。息子はわしを引退させ、権現様の座に就くと、心を鬼にして、わしをこのデンデラ野に送った。息子はきっと、わしがデンデラ野に捨てられた爺婆の身になり、最期を迎える人々の幸せ考えるよう仕向けたのだと気付いたのじゃ」

「そういうことでしたか」

文史郎は山夜叉姥様が神々しく見えて来るのを覚えた。

「だから、いまは権現様を少しも恨んでいない。むしろ、わしのような貧しい人々に思い至らぬ人間に、よくぞ気付かせてくれた、と感謝しているほどだ。とはいえ、これまで、口に出していったことはないが」

　権禰宜の耕嗣が思い切った顔でいった。

「宮司の源衛門様からは、姥様が権現様の悪口しかいわないときいていましたが、本音は違うのですね」

「ふぁふぁふぁふぁ」

　山夜叉姥様は空気が漏れるような笑い声を立てた。

「生みの親であるわしを蔑《ないがし》ろにし、無理矢理にデンデラ野送りにしたのだよ。誰が、そんな息子を誉めそやすものかね。わしら年寄りの楽しみは、姑として息子や娘、嫁や娘婿の悪口をいうことさね。悪口いって憂《う》さを晴らす。嫌なことも、大声で口に出せば気が晴れるものじゃ」

　大門がいった。

「それはそれとして、姥様はよくぞ役末角の囚われの身になっていた繭美殿に気付き、お助けくださいましたな。感謝いたします」

「なんのなんの、可愛い孫娘が窮地に陥っているのを知って、どうして見過ごすことができようか」

山夜叉姥様は優しい目で繭美を見た。美雪が素っ頓狂な声を上げた。

「え？　姉ちゃんは姥様の孫娘なんけ？　嘘だんべ？　おらの姉ちゃんじゃねえんか」

「…………」

繭美は静かに首を左右に振った。

「嘘だべ嘘だべ。嘘だといってくれ、姉ちゃん。姉ちゃんはおらの姉ちゃんだべ」

美雪は涙を浮かべ、子供のようにいやいやと首を振った。

繭美は美雪の手を握っていった。

「美雪、私はあなたの姉よ。どんなことがあっても、私はあなたの姉だし、あなたは私の妹よ」

「そうだべ、いがった」

美雪は手で涙を拭った。

山夜叉姥様は微笑んだ。

「そうだったね。二人とも源衛門お妙夫婦の娘だった。美雪、繭美はおめえの姉さんに変わりはないぞ。婆のわしにとっては二人とも孫娘だ。いつまでも、二人は仲睦まじい姉妹でいてくんろ」

「姉ちゃん」

美雪は繭美の手を握り、顔を見合った。

「姉ちゃん、分かった。でも、おらにとって姉ちゃんは姉ちゃんだ。変わんね。いつまでも」

「そうよ。私たちは姉妹なの」

繭美はそっと美雪を抱き締めた。美雪は繭美の肩に顔を押しつけて忍び泣いた。

文史郎をはじめ、皆、黙ったまま、二人を見守っていた。

急に堂の前が騒がしくなった。馬たちのいななきが起こった。観音像の灯明が大きく揺れた。

「何ごとだ？」

田佐衛門がはっと刀を手に扉に向いた。

扉が静かに開き、キツネ面を被った白装束の人影が現れた。

「どうした？」

キツネ面を外すと、お津留の顔が出た。

「敵です。この村が狼の群れに包囲されました」

「なんと」

田佐衛門はお津留といっしょに縁側に消えた。

文史郎たちも急いで刀を携え縁側に出た。

陽はだいぶ西に傾いて、夕方が迫っていた。

十王堂の前の広場の杭に繋がれた馬たちが落ち着かなく騒ついている。掘っ立て小屋から爺婆たちが顔を出し、異変を感じたらしく、怯えた表情であたりを窺っていた。

「田佐衛門様、吉兵衛が」

お津留が叫び、村の入り口の方角を指差した。

白装束姿の男が全速力で集落に向かって駆けてくるのが見えた。そのあとを、十三、四頭の狼たちが追いかけていた。

「吉兵衛！」

田佐衛門が縁側から飛び降り、駆けてくる吉兵衛に向かって突進した。お津留があとに続いた。

「田佐衛門！」

大門も六尺棒を手に二人のあとを追った。

吉兵衛に狼たちが飛びかかった。吉兵衛は刀を振り回し、狼たちを追い払おうとしたが、狼たちは跳び跳ね、刀を避けて襲いかかる。

「いかん」

文史郎は大門のあとを追った。続いて弥生や左衛門も飛び出した。

吉兵衛は狼たちに足や腕を嚙み付かれ、地面に引きずり倒された。

田佐衛門が刀を振るって、狼たちを薙ぎ倒した。ついでお津留が脇差しで飛びかかろうとする狼を斬った。

田佐衛門が吉兵衛を抱え起こした。腕や脚、喉元から血が流れている。

狼たちが三人を取り囲み、周囲を走り回り、隙を見付けて、飛びかかろうとしていた。

文史郎は狼たちの背後に駆け付け、抜き打ちで、一頭を斬り払った。大門と弥生が続き、狼たちを追い払う。遅れて来た左衛門も、抜き打ちで一頭を血祭りに上げた。

「円陣隊形を作れ！」

文史郎は叫んだ。

吉兵衛を肩に担いだ田佐衛門を中心にして、文史郎、左衛門、弥生、お津留、大門の五人は円陣隊形を組み、周囲の狼たちに刀や棒を構えた。

四方八方から狼が駆け付け、周囲の狼の群れは数十頭に増えた。いずれも頭を低くし、牙を剝き、鼻に皺を寄せて、文史郎たちの隙を狙っている。

「無益な殺生はしたくないが、止むを得ぬ」

大門は六尺棒を地面に突き立て、腰の大刀をすらりと抜いた。

どこかで犬笛が鳴り響いた。

「来るぞ」

文史郎は怒鳴り、刀を八相に構える。どこからかかって来ても、斬り捨てる構えだ。

いきなり一頭の大狼が文史郎に飛びかかった。それを合図にしたかのように、周囲の狼たちが一斉に円陣隊形に殺到した。

文史郎は飛びかかった狼を一刀のもとに斬り下げた。続いて飛びかかってきた狼も腹を切り裂いた。狼は悲鳴を上げて地べたに転がった。

大門も宙を飛んだ狼を薙ぎ払った。返す刀で次にかかってきた狼を一刀両断した。

弥生は一瞬にして、二頭の狼を斬り捨てた。ついで三頭目の狼の首を刎ねた。

左衛門も老練な太刀捌きで、一頭を仕留め、ついで二頭目も腹を裂いて落とした。

津留も脇差しで、一頭を斬り倒し、二頭目を深々と切り裂いた。

田佐衛門も、吉兵衛を足許に座らせ、大刀を縦横無尽に振り払い、飛びかかって来る狼たちを斬り倒している。

いったん、狼たちはひるんだ様子だった。

すぐにどこかで犬笛が鳴った。ふと見ると片腕を三角巾で吊った仁魔が犬笛を吹いている。

ほっと息をつく間もなく、再び狼たちの動きが激しくなり、第二波の攻撃が始まった。

文史郎たちはつぎつぎと飛びかかってくる狼たちをあたるを幸い、斬って斬って斬りまくる。

たちまちのうちに、文史郎たちの周囲に、狼たちの死骸が転がり、傷ついて動けない狼たちが蹲る。

文史郎たちは狼の返り血を浴び、顔から体全体が血だらけになっていた。

突然、どこかで、狼の遠吠えが響き渡った。

すると血に飢えた狼たちの動きが、急に止んだ。狼たちはしきりにあたりを見回している。

「文史郎様、ダンノハナの丘に白狼が」

弥生が刀の峰を片手で叩き、刀身の血を落としながら、血走った目で東側の丘を差した。

ダンノハナの丘の上に大きな白狼が立ち、こちらを見下ろしている。

「こいつらの頭か？」文史郎は唸った。

「殿、いや、あの白狼は、権現様の化身」

大門があたりの狼たちを睥睨《へいげい》しながらいった。

白狼はひらりと宙に跳び、一気にダンノハラを駆け下りて来る。

また犬笛が鳴り響いた。

だが、狼たちは白狼の方を見て、尻尾を股の間に挟み、じりじりと尻込みしはじめていた。先ほどまでの殺気が消えていた。

仁魔が必死に笛を吹くが狼たちは逃げ腰になっていた。

白狼は狼たちの群れに走り込んだ。狼たちは、白狼に追われ、一斉に尻尾を巻いて、逃げはじめた。悲鳴を上げて、西の山の方角に一団となって逃げて行く。

「おう。助かったな」

文史郎は刀身を叩き、血糊を払い落とした。

「田佐衛門様、……」

瀕死の重傷を負った吉兵衛が何かを訴えた。

「なに、鉄砲隊が来るだと？」

田佐衛門は吉兵衛が地べたに座り込んだまま、指差す方角に目をやった。

城の方角から、馬に乗った城代宇月大善の姿が現れた。なだらかな起伏の畑の道を、鉄砲を担いだ足軽たちが駆けてくるのが見えた。二十人ほどの鉄砲隊だった。

宇月大善と並んで、馬を馳せる白装束の行者姿もあった。役末角だった。

役末角の馬の傍らに、玄魔と仁魔が駆け寄った。

文史郎は唸った。

「おのれ、城代め、鉄砲隊を引き連れて参ったか」

早池峰山の森で散々に鉄砲隊を蹴散らしたが、ようやく二十人ほどをかき集めてやって来たらしい。

左衛門が叫んだ。

「殿、ここにいては身を隠すところもありませぬ。いったん、村に引きましょう」

「よし。引こう」

文史郎はみんなに引けと合図した。

「殿、十王堂の繭美様が危ない」

大門が怒鳴り、いきなり駆け出した。

十王堂の周りには、いつの間にか、大勢の烏天狗たちが現れ、広場にいる爺婆たちに襲いかかっている。

馬たちが暴れ、烏天狗たちを寄せ付けまいとしている。

「いかん。十王堂へ戻るぞ」

文史郎も大門を追って走った。

左衛門も弥生も必死に十王堂に駆けた。

田佐衛門とお津留は吉兵衛を両脇から抱えて、あとに続く。

十王堂の扉が開き、縁側に山夜叉姥様たちが現れた。

腰が曲がった山夜叉姥様の後ろに、藺美と美雪の姿があった。権禰宜の耕嗣と巫女のサヨが懐剣を抜き、必死の形相で烏天狗たちを睨んでいた。

烏天狗たちが藺美を捕まえようと、縁側に飛び上がった。

耕嗣が小刀を振るい、烏天狗の一人を斬った。サヨも懐剣で烏天狗を追い払った。

山夜叉姥様が曲がった腰を伸ばし、手にした榊《さかき》を振るいながら、大音声《だいおんじょう》で祝詞を上げはじめた。

烏天狗たちは、呆気に取られてひるんだ。

「藺美様あ」

大門が刀の抜き身を手に、暴れる馬たちの間を抜けて十王堂に駆け付けた。

文史郎たちもようやく村の広場に駆け込んだ。斬りかかる烏天狗たちを、刀を一閃させて斬り払った。

文史郎ははっとして足を止めた。

十王堂の周りに異変が起こっていた。

縁側に揺らめく黒い影が立ち昇りはじめていた。

「オマク様だべ。恐ろしい」

「オマク様が黄泉《よみ》から帰りなさったべ」

「おお、オマク様だあ」

広場にいた爺婆たちが、口々に念仏を唱え、その場に跪いた。

揺らめき立った黒い影は烏天狗たち一人ひとりに取りついた。取り憑かれた烏天狗は、いきなり狂ったように喉を押さえて苦しみはじめ、縁側から転げ落ちた。

烏天狗たちは鴉の面を脱ぎ捨て、苦悶の声を上げている。息ができないらしい。

山夜叉姥様は、榊の枝を振るい、なおも呪文を唱えている。

十王堂の周りを取り囲んでいた烏天狗たちも、黒い煙のような影につぎつぎに取り憑かれて倒れて行く。

黒い影に取り憑かれた烏天狗は、見る見るうちに生気を失い、体が縮んでいく。

「いかん。弥生、爺、危ない。引け」

文史郎は弥生と左衛門を背に庇い、迫ってくる黒い影に押されて後退した。

山夜叉姥様は縁側の上に立ち、天を仰いで、さらに声を張り上げ、呪文を唱えていた。

黒い影はひれ伏した爺婆たちの体の上を素通りして行く。

文史郎たちはじりじりと後退した。

突然、背後で一斉射撃の銃声が起こった。

縁側に立った山夜叉姥様の体が、何発もの銃弾を浴びて倒れた。

「お祖母さまあ」

繭美が悲痛な声を上げて、山夜叉姥様に取りすがった。

それまで烏天狗たちに取りついていた黒い煙のような影たちは、見る見る薄れて行った。

「ああ。オマク様たちが黄泉にお戻りになる」

爺婆たちは、さらに念仏を高く唱えはじめた。

振り向くと、城代の宇月大善が勝ち誇った顔で役末角と笑っている。

「おのれ、城代！」

文史郎は身を翻し、城代たちに向かって駆け出した。

鉄砲隊は十人ずつ二列横隊に並んでいた。二段撃ちの構えだ。鉄砲は先込め式のエンフィールド銃。

いま撃った前列の兵たちが、薬包を嚙み千切り、銃口から火薬を流し込んでいる。後列の兵たちが銃を構えていた。

「轟、射て！」

城代の宇月が叫んだ。

物頭の轟が上げた手を振り下ろそうとしていた。その侍に白い塊が飛びかかった。侍は悲鳴を上げて転がった。

白狼は物頭轟の喉元を咬み切った。

隊列が乱れた。後列の兵たちは、慌てて銃を間近の白狼に向けようとした。白狼は兵たちに飛びかかり、薙ぎ倒した。

それでも数人の兵が銃の引き金を引いた。弾は白狼に二つ三つと命中した。白狼は朱に染まり、吹き飛ばされて倒れた。

文史郎はようやく鉄砲隊に駆け付けた。抜刀し、鉄砲隊の兵たちを斬った。続いて駆け付けた弥生や左衛門も兵たちに斬りかかった。

兵たちは悲鳴を上げ、抵抗もせず、鉄砲を放り出して逃げ出した。

城代の馬は後ろ肢立ちし、城代を振り落とした。

役末角は、と見ると、役末角はにやりと笑い、馬から下りた。

「おぬしか、江戸から来た剣客相談人とやらは」

「役末角殿、頼むぞ」

宇月大善は役末角の背後に隠れた。

「ははは。期せずして、邪魔な山夜叉姥様も権現様も始末できたな」

役末角は大声で笑い、足許に横たわった白狼に顎をしゃくった。

血で真っ赤に染まった白狼は、見る見るうちに人間になり、権現様に戻っていく。

「お父さまあ！」

繭美の悲痛な声がひびき渡った。

「さすがの権現様も、山姥も、鉄砲の威力にはかなわないようだな」

役末角は嘲《せせ》ら笑った。

「おのれ、役末角、拙者が許さぬ」

文史郎は刀を八相に構えた。

「愚か者めが、人間の分際で、わしに歯向かうというのか」

役末角は、嘲ら笑った。

「権現様、山夜叉姥様さえいなくなれば、わしは霊力を思う存分使うことができるというものだ」

「役末角様、ぜひ、こやつらを金縛りにかけ、あの世に送ってくだされ」

宇月大善が後ろから怖《お》ず怖ずといった。

役末角は、数珠を鳴らし、文史郎たちに向かって呪文を唱えはじめた。

「おのれ、そうはさせぬ」

文史郎は刀を振り上げ、役末角を斬ろうとした。体が動かない。金縛りに遭い、腕も足も少しも動かない。

左衛門も弥生も、刀を構えたまま、身じろぎもできず、目を白黒させている。

役末角の呪文はさらに高くなった。

「さあ、苦しめ。金縛りはきりきり絞られるぞ」

玄魔が笑い、刀を左衛門の喉に突き付けた。仁魔も嬉しそうに弥生の苦しむ様子を見ている。

「おのれ、卑怯な」

「文史郎様、躯が締め付けられて……」

弥生が悲しそうに呻いた。左衛門も顔面を真っ赤にして耐えている。

「殿、なんとか……」

そのとき、十王堂から繭美の唱える美しい祝詞がきこえ出した。

「な、なんだ?」

玄魔は十王堂を見た。

繭美の透き通るような祝詞は、爽やかな風となってデンデラ野を響きわたって行く。

文史郎は金縛りが緩みはじめたのを感じた。

「役末角様、どうしたのです?」

仁魔は顔をしかめて、役末角の様子を窺っている。

「…………」

役末角は、必死に呪文を唱えながら、軀を震わせはじめていた。顔面は蒼白になっている。額から汗が吹き出した。

折から、太陽が西の山端に掛かり、デンデラ野は茜色に染まりはじめていた。

役末角は苦しそうに喘《あえ》ぎ、呪文も途切れ途切れになりだした。反対に繭美の祝詞は、さらに高らかに響き、役末角の呪文を消しはじめた。

「解けた!」

左衛門は叫び、同時に刀を玄魔の胸に突き入れた。

「おのれ」

仁魔は弥生に刀を振り下ろした。

「それがしも」

弥生も一瞬早く飛び退き、仁魔の刀を躱した。返す刀で仁魔の胴を深々と抜いた。

仁魔と玄魔は、その場に崩れ落ちた。

「効かぬ。な、なぜだ？」

役末角は呪文を唱えるのをやめた。

文史郎は厳《おごそ》かにいった。

「役末角、もう、おぬしの呪力、法力は封じられた。おまえのお陰もあって、繭美様は権現様の娘として目覚められ、新たに権現様の後継者であるとともに、祖母である山夜叉姥様の後継者にもなられたのだ」

「おのれ、権現様の後釜には、わしが就くはずだった」

「いまさら遅い。役末角、直ちに、この地を去れ。去って大和に戻れ。遠野は、おぬしのいる地ではない」

「役末角様、霊力を封じられても、陽炎剣は遣えるのではござらぬか」

後ろで宇月大善がいった。役末角は大きくうなずいた。

「うむ。陽炎剣は遣える。陽炎剣は妖剣にあらず。大和修験の厳しい修行の末に編み出した剣だ」

役末角は、足許に転がった玄魔と仁魔にちらりと目をやった。

「よくも、わしの目の前で、前鬼後鬼を殺めてくれた。この仇は討つ」

役末角はじろりと弥生と左衛門を見た。

文史郎は弥生と左衛門を背後に庇った。

「役末角、それがしがお相手いたす。おぬしの陽炎剣、しかと見たい」

「よかろう。三人束になってかかって参れ」

役末角は、刀の下緒《さげお》を抜き、法衣に襷を掛けた。

「いや、一対一の勝負だ。爺、弥生、おぬしたちは手を出すな。いいな」

「はい」

「はいっ」

弥生と左衛門は渋々といった。

文史郎も刀の下緒を抜き、袖を巻いて襷掛けをした。懐から白布を取り出し、きりりと額に鉢巻きをした。

「さあ、もっと広い場所に行こう。来い」

役末角は抜き身の刀を手に夕陽に向かって走り出した。

夕陽は西の山端にかかり、真っ赤に燃えていた。

文史郎も抜刀し、役末角のあとを追った。

きっと役末角は夕陽を背負おうとする。文史郎は、そう思った。

案の定、夕陽を背にして、役末角は立ち止まり、剣を高く掲げた。

文史郎は役末角に正対し、青眼に構えた。

風が吹き寄せる。土埃が舞い上がり、二人の間に割り込んだ。

文史郎はじっと役末角の人影を見つめた。役末角が高く掲げた剣は陽炎に揺らめき出した。夕陽の赤い炎と役末角の影が重なり、燃えはじめている。

眩しい。夕陽の光を浴びて、目が眩む。

文史郎は目を閉じた。心眼を開く。

同時に、刀を青眼から右八相下段に構え直した。切っ先を地に這わせ、じりじりと後ろに引く。

秘剣引き潮。

潮が引いて波浪となり、ゆっくりと盛り上がる。弓の弦をぎりぎりまで引き絞る。

波が頂点にまで盛り上がり、波頭が崩れて一気に怒濤となって浜辺に打ち寄せる様を心に思った。

心眼の中で、役末角の剣が残照を浴びて、青白く一閃するのが見えた。

いまだ。文史郎は引き絞った弓の弦を解き放った。

下から刀を振り上げる。役末角の剣が文史郎を目指して振り下ろされる。

文史郎は逃げず、躱さず、一気に刀を役末角の軀に斬り上げた。空《くう》を切って、役末角の剣が文史郎の右袖を切り裂いて落ちた。

右腕に疼痛が走った。

文史郎の斬り上げた刀は深々と役末角を割いた。手応えあり。

心眼を閉じた。半眼で役末角を見つめた。役末角の軀は文史郎の脇を擦り抜けるようにして崩れ落ちた。

文史郎は残心した。

役末角は倒れたまま、動けない。

「大館文史郎、そ、その剣の名は……なんと申す？」

役末角は喘ぎながらいった。

「秘剣引き潮」

「……見事だ」

役末角はがっくりと首を垂れ、事切れた。

夕陽が沈み、デンデラ野を夕闇が覆いはじめた。

弥生と左衛門が駆け寄るのが見えた。

宇月が慌てて刀を投げ出し、その場に平伏した。

「降参、降参でござる。なにとぞ命だけはお助けを」

「文史郎様、よかった」

弥生が文史郎に体当たりするように駆け寄って、首に抱きついた。

「殿、お怪我をなさった？」

左衛門が文史郎の右腕を押さえた。そのとき、初めて右腕が痺れるような痛みに襲われるのを感じた。

「文史郎様、早池峰山が燃えています」

首に抱きついた弥生が囁いた。弥生の軀も燃えるように熱かった。

振り向くと、早池峰山が残照に赤く映えていた。

九

文史郎は疾風に乗った。

弥生はイカズチに、左衛門は駿、そして大門は芦毛のマキに、それぞれ跨がった。

美雪の牝馬シロが悲しげにいないないた。四頭の牡馬たちも別れを惜しむかのようにいななき返している。

「相談人様たち、ありがとうございました。おかげさまで、早池峰は昔ながらの平穏な生活を取り戻しました。村人一同も神社神職一同、ほんとうに心から感謝いたしております」

村長で宮司の源衛門が深々と頭を下げた。

その傍らで、巫女姿の繭美と美雪姉妹が頭を下げている。

文史郎はちらりと大門を見た。昨夜、大門から話を聞いた。繭美がお慕い申し上げていたのは大門ではなく、若い権禰宜の耕嗣だった。そう告白した繭美に大門は顔で笑って心で泣いた。二人の門出を祝い、潔《いさぎよ》く身を引くことにするとのことだった。

繭美に寄り添い、権禰宜の耕嗣がにこやかに笑顔を浮かべていた。

「では、御免。皆さん、どうぞ達者で」

文史郎は馬上から早池峰の源衛門たちに会釈をした。

弥生が手を振った。

「繭美様、お幸せに。美雪様も、きっといい出会いがありますよう祈っています」

左衛門は源衛門に黙って会釈した。

大門は田佐衛門に軽く頭を下げた。

「サル殿、あとのこと、よろしう頼みますぞ」

「お任せあれ。城代の宇月大善には、遠野南部領主殿から沙汰が下りるまで、自宅に閉門蟄居するよう勧告しておきます」

田佐衛門は文史郎に書状を捧げた。

「これは大目付様にお届けくださいませ。遠野での一部始終を書いた報告書でございます」

「うむ。確かに預かった」

文史郎は分厚い書状を懐に仕舞った。

田佐衛門は、大目付に遠野に金山はなしと報告するとしていた。遠野に無用な混乱を呼び込まぬようにするためだ。一方で城代宇月に寛大な措置をとも要請していた。

田佐衛門の後ろに、旅籠の女将のお津留と番頭の吉兵衛が神妙な顔で控えていた。

「いろいろ世話になった。おぬしたちのこと、決して忘れぬ」

「ありがとうございます。どうぞ、道中ご無事で」

お津留と吉兵衛は田佐衛門といっしょに頭を下げた。

美雪が大門の馬に駆け寄って、花を差し出した。

「大門様、……御免な」

「なんだ、美雪殿、おぬしが謝ることなんぞ何もないぞ」

「姉ちゃんのこと……ありがと。姉ちゃんも感謝してっぺ」

「ははは。美雪、またいつか会おう。おぬしも早くいい男を見付けろ。いいな」

「はい」

「内緒だが姉ちゃんにいっておけ。耕嗣はいい男だ。幸せになれ、とな」

「大門様も、お元気で」

「うむ。本日はほんとうに出立にいい日和《ひより》だ。さあ、殿、さっさと行きましょう。明るいうちに峠を越えましょうぞ」

大門は大声で笑い、ちらりと繭美を見た。

繭美は何もいわず頭を下げた。隣の権禰宜の耕嗣も繭美といっしょに頭を下げた。

大門は大きく咳払いをし、マキの腹を蹴った。マキはいななき走り出した。

「大門、大丈夫かのう？」

文史郎は弥生に訊いた。

「大丈夫でしょう。江戸に戻れば、いつもの生活が待っています。すぐに、繭美様のことを忘れますよ」

「そうそう。大門殿は振られ慣れている。殿、心配ご無用。すぐに立ち直ります。爺が、請け負います」

左衛門は、逃げるように馬を駆る大門の背中を見ながらいった。

振り向くと、青空を背にした早池峰山が、穏やかな笑みを浮かべていた。

時代小説

二見時代小説文庫

陽炎剣秘録《かげろうけんひろく》 剣客相談人《けんかくそうだんにん》22

著者 森《もり》 詠《えい》

発行所 株式会社 二見書房
東京都千代田区神田三崎町二―一八―一一
電話 〇三―三五一五―二三一一［営業］
〇三―三五一五―二三一三［編集］
振替 〇〇一七〇―四―二六三九

印刷 株式会社 堀内印刷所
製本 株式会社 村上製本所

落丁・乱丁本はお取り替えいたします。
定価は、カバーに表示してあります。

ISBN978−4−576−18041−0
http://www.futami.co.jp/

麻倉一矢

剣客大名 柳生俊平

シリーズ

将軍の影目付・柳生俊平は一万石大名の盟友二人と悪党どもに立ち向かう！ 実在の大名の痛快な物語

以下続刊

①剣客大名 柳生俊平 将軍の影目付
②赤鬚の乱
③海賊大名
④女弁慶
⑤象《ぞう》耳《みみ》公《く》方《ぼう》
⑥御前試合
⑦将軍の秘姫《ひめ》
⑧抜け荷大名
⑨黄金の市

上様は用心棒

完結

①はみだし将軍
②浮かぶ城砦

かぶき平八郎荒事始

完結

①かぶき平八郎荒事始 残月二段斬り
②百万石のお墨付き

沖田正午

北町影同心シリーズ

以下続刊

「江戸広しといえどこれほどの女はおるまい」北町奉行を唸らせた同心の妻・音乃。影同心として悪を斬る！

北町影同心

① 閻魔《えんま》の女房
② 過去からの密命
③ 挑まれた戦い
④ 目眩《めくら》み万両
⑤ もたれ攻め
⑥ 命の代償
⑦ 影武者捜し
⑧ 天女と夜叉

殿さま商売人 完結

① べらんめえ大名
② ぶっとび大名
③ 運気をつかめ！
④ 悲願の大勝負

将棋士お香 事件帖 完結

① 一万石の賭け
② 娘十八人衆
③ 幼き真剣師

陰聞き屋 十兵衛 完結

① 陰聞き屋 十兵衛
② 刺客 請け負います
③ 往生しなはれ
④ 秘密にしてたもれ
⑤ そいつは困った

早見俊

居眠り同心 影御用 シリーズ

以下続刊

閑職に飛ばされた凄腕の元筆頭同心「居眠り番」蔵間源之助に舞い降りる影御用とは…!?

① 居眠り同心影御用 源之助人助け帖
② 朝顔の姫
③ 与力の娘
④ 犬侍の嫁
⑤ 草笛が啼《な》く
⑥ 同心の妹
⑦ 殿さまの貌《かお》
⑧ 信念の人
⑨ 惑いの剣
⑩ 青嵐《せいらん》を斬る
⑪ 風神狩り
⑫ 嵐の予兆

⑬ 七福神斬り
⑭ 名門斬り
⑮ 闇の狐狩り
⑯ 悪手《あくしゅ》斬り
⑰ 無法許さじ
⑱ 十万石を蹴る
⑲ 闇への誘い
⑳ 流麗の刺客
㉑ 虚構斬り
㉒ 春風の軍師
㉓ 炎剣《えんけん》が奔《はし》る
㉔㉕ 野望の埋火《うずみび》（上・下）
㉖ 幻の赦免船